KB113659

연애보다 강아지

DOG SPEAK: What Your Pet is Trying to Tell You
by Liz Marvin, illustrated by Yelena Bryksenkova

Korean language edition published in arrangement with Michael O'Mara Books Limited through LENA Agency, Seoul

연애보다 강아지

당신의 개가 하고 싶은 말

DOG SPEAK: What Your Pet is Trying to Tell You

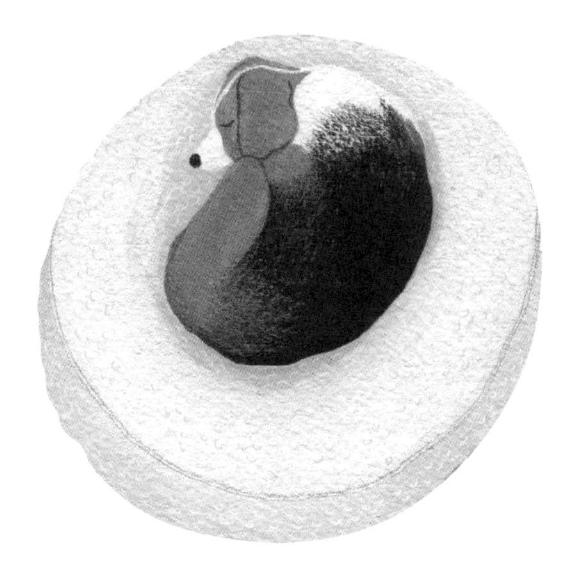

리즈 마빈 글 | 옐레나 브리크센코바 그림 | 김미나 옮김

특별한서재

 독자의 이해와 유익함을 돕기 위해 옮긴이의 보충 원고를 추가했습니다.

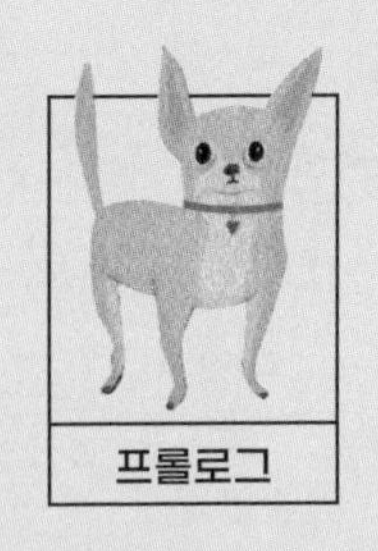

프롤로그

앞발을 들어 올리기도 하고, 머리를 숙이기도 하고, 대大자로 누운 세상 편한 자세로 자기도 하고, 당신의 양말을 슬쩍해 가기도 하고……. 우리의 털복숭이 베스트 프렌드는 자신의 생각과 감정을 말로만 못할 뿐이지 수많은 방식으로 보여 주고 있지요!

고고학자들에 따르면 개와 인간이 동거해온 역사가 무려 3만 년이나 거슬러 올라간다는 놀라운 사실! 이 긴 시간 동안 서로에게 완벽한 동반자이자 최고의 친구가 된 것이죠. 그렇지만 우리 사이에 오해는 여전히 남아 있어요. 개들은 꼬리가 없는 인간의 속마음을 헤아리기가 힘들고 정원에서 찾아낸 개구리처럼 신경 써서 고른 선물이 기대했던 것만큼 열렬한 환영을 받지 못해서 깜짝 놀라곤 합니다.

모든 개는 성격이 다 달라요. 그리고 그들만의 독특한 방식으로 소통을 합니다. 사람과 마찬가지로 어떤 개들은 원래 활발하고 표현력이 풍부해서 속을 알기가 쉬운 반면 좀 더 내성적인 개들도 있지요. 그리고 종種에 따라 가지각색의 소통법을 가지고 있습니다. 그래서 콜리(양치기 개로 잘 알려진 품종 — 옮긴이 주)가 귀를 써서 하는 말이 스파니엘에게는 외계어처럼 보이는 거죠.

그러나 운 좋게 몇몇 멍멍이 친구들이 생기면 대부분의 개들에게 통하는 언어가 있다는 사실을 알게 될 거예요. 그리고 진심으로 주의를 기울이면 당신의 털복숭이 친구가 불안하든 심심하든 신이 났든 혹은 고양이한테 진절머리가 났든 우리에게 하려고 하는 말이 뭔지 이해가 되기 시작할 겁니다.

이 책은 개들의 행동과, 그리고 이 사랑스러운 동반자와 함께 만들어가는 경이롭고도 긍정적이며 더없이 유쾌한 관계를 기념하기 위한 것입니다. 저들의 커다란 갈색 눈망울 뒤에 어떤 말들이 담겨 있는지 정확히 짚어내는 건 불가능할지 몰라도 온 마음을 다해 들여다본다면 얼마간의 단서는 찾을 수 있을 거예요. 당신의 개가 지금 뭐라고 하고 있나요?

차례

개가 털을 곤두세울 때

사람에게 '털이 곤두섰다'는 건 일반적으로 무언가에 대해 '성이 났다'는 의미로 공격 태세를 취하기 일보 직전이라는 뜻입니다. 그러나 개들의 경우는 좀 달라요. 개의 등에 난 털이 곤두선 것은 심사가 틀어졌거나 스트레스를 받았다는 걸 보여주는 거예요. 또 한편으로 신이 났거나 살짝 당황했을 때 그러기도 합니다. 이것은 사람의 소름이 돋는 것처럼 무의식적인 반사 작용이에요. 그러니 이 털복숭이 친구의 속사정을 알려면 보디랭귀지를 눈여겨볼 필요가 있습니다.

산책 중에 개가 갑자기 털을 곤두세워서 당황하는 경우가 종종 생깁니다. 개가 화가 났다고 생각해서 다른 개나 사람을 공격할까 봐 걱정이 되는 거지요. 실제로 개가 짖고 달려드는 행동을 하더라도 꼬리를 흔들고 있다면 신이 난 것이고, 겁이 많아서 불안을 느끼는 경우에는 털을 세운 채 발을 구르기도 합니다. 감정이란 그리 단순하게 읽히는 게 아니에요. 행동만이 아니라 미세한 몸짓과 표정까지 두루 살펴야 겨우 실마리가 잡히는 정도죠.

사랑의 첫 번째 의무는 상대방에 귀를 기울이는 것이다.
- 폴 틸리히

네 침대가 내 침대

사랑스러운 개에게 세상 제일 포근한 침대를 사주었는데도 어째서 위층으로 껑충껑충 달려와서는 곧장 당신의 침대로 뛰어드는 거냐고요? 그저 당신 곁에 있고 싶은 거예요. 그것뿐일까요. 당신의 침대는 당신 냄새로 가득한 데다 개가 자주 거기에서 잔다면 제 냄새도 섞여 있으니까요. 당신의 개에게 당신은 한 무리의 일원이자 같이 붙어 다니고 같이 자는 단짝이랍니다.

개가 사람과 한 침대에서 자려고 하는 이유가 늑대의 후손이기 때문이라는 설도 있습니다. 개들의 조상인 늑대는 무리 지어 함께 잠이 드는 습성이 있는데 그 DNA가 아직 남아 있다는 거죠. 다른 한편으로는 무방비 상태로 잠든 주인을 지켜주려는 행동이라고도 합니다. 자다가 문득 내 옆을 지켜주는 누군가의 존재를 느끼는 것이 함께 사는 행복입니다.

개들은 천국을 향한 우리의 연결 고리입니다.

그들은 사악함, 질투, 또는 불만을 모릅니다.

눈부시게 아름다운 오후 산허리에 개와 함께 앉아 있는 것은

아무것도 하지 않아도 지루하지 않고 평화 그 자체였던

에덴동산으로 돌아가는 것입니다.

- 밀란 쿤데라

벌러덩 눕개

천하태평하게 네 다리를 공중으로 쭉 뻗고 있는 이 느긋한 개 좀 보세요. 이 수면 자세는 '만사 이상 무'를 외치며 이제부터 근무 외 시간이라고 말하는 주말 선언과도 같습니다. 평소 성실하게 경계 임무를 다하는 당신의 개가 바닥에 등을 대고 배를 훤히 드러낸 채 곯아떨어져 있다면 완전히 긴

장이 풀리고 안전하다고 느끼고 있는 거죠. 아무것도 걱정할 게 없다, 이 말입니다. 그러니 눈치껏 배 좀 쓰다듬어주시면 안 될까요, 네?

개의 수면 자세를 보면 약간의 심리 파악이 가능합니다. 개가 몸을 말고 새우잠을 자는 건 목이나 배와 같은 약점을 보호하기 위한 것으로 아직 경계심이 남아 있는 겁니다. 그리고 똑같이 대자로 뻗은 자세라도 배를 바닥에 깔고 자는 것은 더위를 느끼거나 놀다가 잠깐 조는 거예요. 언제든 벌떡 일어나 다시 놀려고 말이죠. '피곤한 개가 행복한 개'라고 합니다. 열심히 달린 하루 끝에 사랑하는 이 옆에서 마음 놓고 드러눕는 것만큼 행복한 건 없죠.

행복은 따뜻한 강아지야!
- 영화 〈스누피: 더 피너츠 무비〉의 대사

늘어진 혀의 의미

개는 상당히 놀라운 혀를 가지고 있습니다. 사실 인간을 보면서 저 조그만 혀를 가지고 어찌 살아갈 수 있나 신기해하곤 하지요. 더울 때 개는 체온을 떨어트리기 위해 혀를 내밀고 헐떡거립니다. 또 개의 혀를 보면 당신의 개가 어떤 기분인지도 알 수 있어요. 개의 마음이 편안해지면 입의 근육도 덩달아 편안해지거든요. 그래서 헤벌쭉 웃고 있는 얼굴 옆으로 혀를 축 늘어트린 사랑스러운 표정을 짓게 돼요.

개의 혀는 고양이의 혀와 사뭇 다릅니다. 고양이보다 미각이 발달해서 쓴맛, 단맛, 짠맛, 신맛을 모두 느낄 수 있지요. 사포 같은 고양이의 혀와 달리 매우 부드러워서 고양이처럼 제 털을 핥아도 털 관리 효과가 별로 없어요. 당신이 나서서 빗겨주는 수밖에요. 그리고 고양이 혀처럼 표면에 돌기가 나 있지 않아서 물을 마실 때에는 혀를 숟가락처럼 구부려서 물을 담아 마십니다. 그래서 마시는 물 반, 흘리는 물 반인 경우가 많아요. 그 뒤치다꺼리가 늘 당신을 귀찮게 만들어도 개에게는 필살의 무기 '빙구' 미소가 있습니다.

개의 삶은 짧다. 그것만이 개의 유일한 단점이다.

- 아그네스 슬라이 턴불

최고의 수면 모드

당신의 개가 옆으로 누워서 자고 있다면 아, 나의 개가 행복하고 편안한 상태구나, 하고 안심해도 됩니다. 갑자기 벌떡 일어나서 수상한 소리가 나는 곳을 살펴야 할 일도, 당신을 위험으로부터 보호해야 할 일도 없을 거라 믿고 있는 거니까요. 개의 세상에서 걱정할 게 아무것도 없는 거죠. 그래서 마음 편히 네 다리를 쭉 뻗고 공을 쫓아 진흙 구덩이 위를 첨벙첨벙 신나게 달려가는 꿈을 꾸며 발을 까딱댈 수 있는 겁니다.

개들의 수면 자세로 기분이나 성격을 대략 파악할 수 있습니다. 낙천적인 성격의 개들일수록 옆으로 누워 자는 경우가 많아요. 또 개가 일명 슈퍼맨 자세로 자는 건 언제든 벌떡 일어설 수 있게 하기 위해서예요. 그만큼 호기심이 많고 활동적인 거지요. 앞발을 뻗은 채 그 위에 머리를 올려놓고 자는 건 실은 수면 상태가 아니라 '조는' 것이랍니다. 사랑하는 사람에 대한 걱정은 눈을 감고 있어도 멈춰지지가 않거든요.

순수한 사랑이 불가능하고
항상 사랑과 미움을 함께 해야 하는 사람과 전혀 다르게
개는 자신의 친구를 사랑하고 자신의 적을 뭅니다.
- 지그문트 프로이트

에취-!

저런, 조심하세요! 과학자들은 개의 코가 사람의 코보다 10만 배 이상 민감하다고 합니다. 그러니 종종 콧속으로 뭔가가 들어가서 간질거리는 게 당연하지요. 그렇지만 재채기는 당신의 개가 무언가에 집중하고 있거나 약간 좌절감을 느끼고 있다는 신호일지도 모릅니다. 아니면 그저 놀이가 좀 거친 것뿐이라고 당신을 안심시키려는 것일 수도 있고요. 개가 당신에게 하려는 말이 정확히 뭔지 주변을 한번 살펴보세요.

개들은 하루에 서너 번씩 재채기를 합니다. 그러나 사람처럼 알레르기나 감기 같은 이유로 재채기를 하는 경우는 드물어요. 콧속에 이물질이 들어갔거나 진드기가 생겼거나 화학 물질에 자극을 받았을 때, 그리고 한창 흥미진진한 일에 몰두했을 때 재채기를 합니다. 코로 세상 구경을 하느라 사방팔방 코부터 들이밀며 다니는 게 낙인 개들에게 재채기는 어쩔 수 없이 치러야 할 대가지요.

사람에 대해 더 많이 알게 될수록
개를 더 사랑하게 되는 나 자신을 발견한다.
- 찰스 드 골

늑대였던 시절

사람과 마찬가지로 개들도 저마다 선호하는 수면 자세가 따로 있어요. 그러나 당신의 개가 잔뜩 웅크린 몸 밑으로 네 발을 집어넣고 꼬리를 감싼 채 자고 있다면 그저 추워서 그런 것일 수도 있지만 살짝 겁을 먹었거나 불안한 상태일 수도 있습니다. 개의 조상들은 이런 식을 잠을 잤을 거예요. 공처럼 동그랗게 몸을 마는 것은 야생 시절의 잔재로 남은 본능적인 습관인 거죠.

세계애견연맹이 인정하는 개의 품종이 340여 개나 될 정도로 개의 종류는 다양합니다. 그리고 생김새의 차이도 엄청나지요. 이것은 서너 세대에 걸친 교배만으로 새로운 견종이 탄생할 수 있기 때문이에요. 근소한 유전자의 차이로 전혀 다른 견종이 되는 것은 개만이 가진 특징입니다. 그렇지만 이들의 공통 조상은 회색 늑대예요. 개와 늑대는 유전자가 일치하고 생물학적으로도 같은 종으로 밝혀졌죠. 세월이 흐르고 흘러 겉모습이 어떻게 달라졌든 거슬러 올라가보면 뿌리는 하나인 거예요.

아주 작은 푸들이나 치와와조차도
여전히 늑대의 심장을 가지고 있다.
- 도로시 힌쇼

기댐의 무게

개가 당신의 다리에 살포시 기대는 것은 주의를 끌려는 겁니다. 당신이 만족할 만큼 자신을 봐주지 않는다고 느낄 때 슬쩍 당신의 옆구리를 찌르는 것일 수도 있고 심정적으로 불안해지기 시작했으니까 조금만 더 자신에게 집중해달라는 신호일 수도 있습니다. 혹은 휘핏(대표적인 경주견으로 날쌘 개 — 옮긴이 주)이나 그레이하운드와 같은 품종의 개들의 경우에는 오히려 당신에게 관심을 드러내는 방법으로 쓰입니다. 개들의 언어로 이렇게 얘기하고 있는 것이죠. "만일 제게 팔이 있다면 지금 당장 당신을 꼬옥 안아줄 거예요."

개가 다른 개들이 있는 곳에서 주인에게 몸을 기대는 것은 일종의 선언입니다. "이 사람은 내 사람이야! 너희들은 이 사람을 가질 수 없어!"라고 하는 것이죠. 주인이 다른 사람들과 함께 있을 때 몸을 기대는 것 역시 자신이 주인에게 속한 개라는 것을 보여주려는 겁니다. 혹은 갑작스러운 소리 등으로 두려움을 느꼈을 때 몸을 기대며 안전을 확인하는 것이나 심심하니 놀아달라는 의미일 수도 있어요. 개가 관심을 보챌 때 바쁘고 귀찮더라도 살며시 안아주거나 최소한 가만히 내버려두세요. 사랑은 밀어내는 순간 상처를 남기게 되거든요.

만약 모든 사람이 개처럼 조건 없는 사랑을 할 수 있다면
더 좋은 세상이 될 것이다.
- M. K. 클린턴

내 마음을 받아주세요

개가 당신에게 늘 대장 대접을 해주는 건 아닐지라도 제일 좋아하는 장난감이나 잔뜩 씹어 놓은 신발 한 짝을 당신의 발치에 슬그머니 떨어트리는 것은 당신을 가족의 우두머리로 인정하며 당신을 행복하게 해주고 싶다는 표시입니다. 그리고 당신의 주목을 끌거

나 놀고 싶을 때 쓰는 방법이기도 하지요. 불행하게도 개들은 선물을 고르는 센스가 꽝이에요. 당신을 향한 마음을 전하기 위해 이웃집 쓰레기통을 뒤져서 건진 선물을 내밀지도 몰라요.

가끔 개들은 기상천외한 선물을 가져와 주인을 놀라게 하곤 합니다. 어디서 찾아냈는지 알 수 없는 감자, 당근, 작은 동물의 사체, 잃어버렸다고 생각했던 슬리퍼 한 짝, 막대기 등등 종류도 다양하지요. 당신의 눈에는 이상해 보여도 개에게는 신중을 다해 고른 물건이랍니다. 사람만큼이나 강한 소유욕을 가진 개가 이런 물건을 기꺼이 내어준다는 건 당신이 소중하게 받을 거라고 믿기 때문이에요. 포장지 안에 뭐가 들었든 가장 큰 선물은 주는 이의 마음 아닐까요.

"이곳에는 허영심이 없고 아름다웠으며 사납지 않으면서 강했으며
인간의 악덕은 알지 못했고 모든 미덕을 가졌던
한 존재의 유해가 있습니다"
이런 찬사가 인간의 묘비에 적혀 있었다면
무의미한 아첨에 불과했을 것이다.
그러나 이것은 개에 대한 추억이기에 진정한 찬사가 된다.
- 조지 고든 바이런, 「어떤 개에 대한 묘비명Epitaph to Dog」

갸우뚱?

사람의 눈에 이 자세는 제아무리 천하 말썽쟁이라도 생각이 깊고 주인의 말에 주의를 기울이는 개처럼 보이지요. 전문가들은 개가 고개를 옆으로 갸우뚱거리는 것이 좀 더 소리를 잘 듣거나 소리의 근원지를 파악하기 위한 것이라고 합니다. 이 호기심 어린 표정은 이렇게 말하고 있는 것이지요. "응? 방금 뭐라고? 누가 비스킷이라고 하지 않았어?"

당신이 뭔가 얘기를 할 때 개가 고개를 갸우뚱거리는 건 다른 무엇보다도 당신의 말을 알아듣고 싶어 하는 겁니다. 개의 오감은 늘 당신에게로 향하고 있거든요. 동물 심리학 박사인 스탠리 코렌 교수는 주인의 입 모양을 잘 보기 위해 고개를 기울이는 것이라고도 했습니다. 상대의 말에 최선을 다해 귀를 기울여주는 것만큼 큰 공감의 노력은 없지요.

꼬리야, 게 섰거라!

개는 심심풀이 삼아, 그리고 눈앞에서 살랑대는 이 웃기는 녀석의 정체가 과연 무엇인지 더 많은 것을 알아내기 위해 끊임없이 제 꼬리의 뒤를 쫓습니다. 나이 든 개들은 재미로 할 수도 있어요. 특히 당신이 그 모습을 보고 웃음을 터트릴 거라는 걸 알고 있다면 말이지요. 또는 당신의 털복숭이 친구가 지루해서 좀이 쑤실 지경이니 뭔가 자극이 될 만한 게 필요하다는 신호일 수 있습니다. 자 자, 던지고 물어오기 게임 한 판 정도 할 시간은 있잖아요!

어린 강아지는 자신의 꼬리를 몸의 일부라기보다 장난감으로 여깁니다. 그렇지만 개가 꼬리 쫓기에 지나치게 집착한다면 신체적, 정신적으로 활동량이 충족되지 않은 결과이거나 불안을 해소하기 위해 한 가지 행동을 반복하는 일종의 강박 장애일 수도 있습니다. 어떤 문제적 행동이 눈에 띈다면 그 행동 하나만 고치려 들지 말고 생활 전체를 들여다봐야 합니다. 문제의 원인을 찾아내는 것에도 사랑이 필요해요.

개가 주는 가장 큰 기쁨은
당신이 개와 함께 있을 때 바보같이 굴더라도
개는 당신을 꾸짖지 않을 뿐더러
함께 바보같이 굴어준다는 것이다.
- 새뮤얼 버틀러

온몸으로 흔들어

이거야 척하면 착이죠! 개가 당신을 봐서 몹시 행복할 때나 놀고 싶을 때, 꼬리 하나만으로는 부족하다 이 말씀이에요. 그래서 몸 전체를 씰룩씰룩 마구 흔들어대는 겁니다. 당신이 절대 잘못 알아들을 수 없게 말이에요. 당신이 집 안으로 들어서는 순간 혼신을 다해 잔뜩 신이 난 마음을 표현하는 개와 마주하는 것보다 더 좋은 게 있을까요?

개가 '사랑해요'라고 하는 몇 가지 신호가 있습니다. 당신의 눈을 가만히 쳐다볼 때, 당신의 하품을 따라 할 때, 당신에게 몸을 기댈 때, 그리고 특히 밥을 먹고 나서 바로 당신에게 안길 때입니다. 개에게는 식사 직후의 행동이 몹시 중요하기 때문이에요. 당신이 외출하는 모습을 보면서 짖지 않는 것도 당신을 신뢰한다는 증거입니다. 곧 돌아올 것을 믿는 것이지요. 그러니 아무리 피곤한 몸으로 집에 왔어도 도로 산책을 나설 수밖에요. 나만 보는 사랑은 없던 호랑이 기운도 솟아나게 하는 법이거든요.

돈으로 좋은 개를 살 수는 있지만,
개가 꼬리를 흔들게 할 수 있는 것은 오직 사랑뿐이다.
- 킨키 프리드먼

목욕이 싫어요

개들마다 목욕에 대한 개념이 다 달라요. 불과 몇 시간 전에 신이 나서 연못 속으로 뛰어들었던 개가 샤워기 트는 소리만 났다 하면 어디로 갔는지 번개같이 사라지죠. 대부분의

개들에게 목욕은 어느 정도 스트레스를 받는 일입니다. 그래서 목욕이 끝나고 나면 안도감으로 온 집안을 누비며 달리는 겁니다. 털도 말릴 겸 말이에요. 아무리 당신이 '수건'의 개념을 거듭 설명해봐야 별 소용이 없습니다. 게다가 당신이 언제 뒤를 쫓아올지 모르는 것이 애견용 샴푸를 뒤집어쓴 채 욕조 안에 서 있는 것보다야 훨씬 재미있죠.

본능적으로 물을 무서워하는 사람이 있는 것처럼 개들도 마찬가지입니다. 물에 대한 두려움이 있는 개는 코나 입에 물이 들어가지 않도록 조심스럽게 목욕을 시키는 것이 중요해요. 또한 물에 대한 사람과 개의 체감 온도가 다르기 때문에 개를 목욕시킬 때에는 조금 시원하다고 느껴질 만큼 미지근한 온도가 좋습니다. 목욕은 개들이 좋아하는 것이자 싫어하는 것이기도 해서 첫 경험이 중요합니다. 그 시작을 '좋은 것'으로 만들어주려면 이해가 되지 않아도 인내심으로 마음이 열리기를 기다려주고 내가 너와 함께라는 믿음을 심어주어야 합니다.

문득 개의 눈빛이 아련해질 때

당신의 네 발 달린 친구가 시력검사표의 맨 아랫줄을 읽으려고 애쓰는 것처럼 얼굴을 찡그리고 눈을 가늘게 뜬 채 당신을 쳐다본 적이 있나요? 행복한 개가 눈을 게슴츠레하게 뜨는 것은 흔히 훈련사들이 '회유책'이라고 부르는 신호입니다. 아니면 곤란한 처지에 놓인 상황을 슬쩍 모면해보려는 몸짓일 수도 있어요. 고양이 밥그릇에 손을 댔다가 혼이 난 개가 실눈을 뜨는 것은 반성 중이니 그만 용서해달라는 의미랍니다.

화가 난 주인에게 아련한 눈빛을 보내다가 '딴청을 피운다'느니 '무시한다'느니 하는 오해를 사기도 하지만, 사실 개는 심리적으로 긴장이 될 때 눈을 가늘게 뜹니다. 스트레스를 피하려는 노력이 얼굴에 나타나는 것이지요. 이것은 '이제 진정하고 그만하세요'라고 부탁하는 카밍 시그널calming signal의 하나예요. 눈빛은 참 많은 말을 담을 수가 있지요. 그것을 구별해내는 게 특별한 사이라는 증거입니다.

‘땅파개’ 본능

어떤 개들에게 잔디밭은 모름지기 진흙 구덩이가 좀 있어야 근사해지는 법입니다. 특히 테리어 종이 평상시 구멍 파기를 즐기지요. 때에 따라 개가 심심하다거나 뒷마당에서 혼자 ‘쇼생크 탈출’ 무드에 빠져 있다는 신호일 수도 있고요. 우선은 개가 당신에게 두더지가 출몰했다는 사실을 알려주려는 건 아닌지 확인해보세요. 만일 그게 아니라면 산책을 나가는 게 순서겠지요.

개는 땅만 파는 게 아니에요. 바닥과 침대, 소파 위에서 격렬하게 땅을 파는 것 같은 행동을 할 때가 있습니다. 이것은 생쥐나 다람쥐와 같은 사냥감을 찾기 위해, 그리고 안전한 집을 짓기 위해 땅을 파던 옛날 습성이 남아 있는 것입니다. 특히 임신한 개의 경우 모성 본능이 강해져서 이런 행동이 더 심해지기도 한답니다. 모든 행동에는 늘 원인이 있게 마련이지요.

안녕, 만나서 반가워

주인들은 지치지도 않고 '악수'를 가르치려 들지만 개들에게 '손을 잡고 흔들기'란 혼란스러운 일입니다. 이들에게 인사란 새로 만난 이의 몸의 전혀 다른 부분을 탐색하는 일을 의미하거든요. 당신의 털복숭이 친구가 한쪽 발을 들어 올리는 건 보통 알고 싶은 게 있거나 기대하는 게 있다는 뜻입니다. "당신을 다시 만나서 기쁘네요."가 아니라 이렇게 묻고 있는 것이죠. "저녁은 언제 먹어요?"

사람과 개의 인사법은 서로 다르지만 한 가지 공통된 예절이 있습니다. 처음 보는 사이에 예쁘다고 무작정 머리를 만지는 건 지극히 무례한 짓이라는 거지요. 킹콩이 뚜벅뚜벅 걸어와서 커다란 손을 내 머리에 척 하고 얹으면 어떤 기분이 들까요? 오해와 이해는 한 끗 차이라고 합니다. 네가 나와 같기를 바라는 게 아니라 너와 나는 '다르다'는 것을 아는 데 그 '한 끗'이 있습니다.

개를 제대로 즐기고 싶다면
그들을 반 사람이 되도록 훈련시키려고 해서는 안 된다.
부분적으로 개가 될 수 있는 가능성을
스스로에게 열어두는 게 핵심이다.
- 에드워드 호글랜드

뽀뽀 폭탄

개가 혀로 핥는 것은 최고의 애정 표현법입니다. 그리고 사람들도 이 열정에 넘치는 축축한 뽀뽀 세례를 다분히 즐기지요. 행복에 겨운 개가 양쪽 귀를 세우고 꼬리를 휘저으며 당신의 얼굴에 달라붙어 핥아대기에 여념이 없는 건 넘치는 사랑을 퍼붓고 있는 거랍니다. 물론 이에 상응하는 보상이 뒤따를 거라는 것도 알고 있지요. 그런데 순전히 사랑만이 유일한 이유는 아니에요. 개는 당신의 냄새와 맛에 강하게 끌립니다. 그래서 침 범벅 인사를 퍼부으며 당신이 하루 종일 어디에 있었고 점심으로 무엇을 먹었는지를 알아내려고 하는 것일 수도 있어요.

개의 조상인 늑대가 입을 핥아주는 것은 상대에게 복종하겠다는 의미이고 새끼 늑대가 어미의 입을 핥는 것은 배가 고프니 먹이가 필요하다는 신호예요. 그리고 개가 주인의 얼굴을 열심히 핥는 건 오로지 한 사람만을 향한 무한한 사랑의 고백이죠. 하지만 그게 아무리 가슴 뿌듯한 일이라도 정도껏 선을 그을 필요가 있습니다. 드문 일이기는 해도 개의 침에 있는 박테리아가 면역력이 약한 사람들에게는 위험할 수도 있거든요.

당신의 얼굴을 핥아주는 강아지만 한 정신과 의사는 없다.

- 벤 윌리엄스

백만 불짜리 미소

만개한 꽃처럼 웃고 있는 개만큼 보기 좋은 게 또 있을까요? 양쪽 입꼬리가 위로 당겨지면서 벌어진 입 사이로 혀를 내민 채 입술을 말아 올린 모습이 사람의 그것과 다를 게 없습니다. 누구도 거부할 수가 없는 '스마일'이지요. 이 미소의 정체에 대해서는 연구된 바가 많지 않지만 과학자들은 인류와 이 오랜 벗 사이의 시간의 역사가 만들어낸 결과물이라고 합니다. 사람이 어떤 면을 좋아하는지 알기에 일부러 그런 표정을 짓게 된 것이라고 말이죠. 그러나 이 말에 동의하고 싶은 주인들은 별로 없을 거예요. 자신의 개가 언제 만족스러운 미소를 지어 보이는지는 다 안단 말이죠.

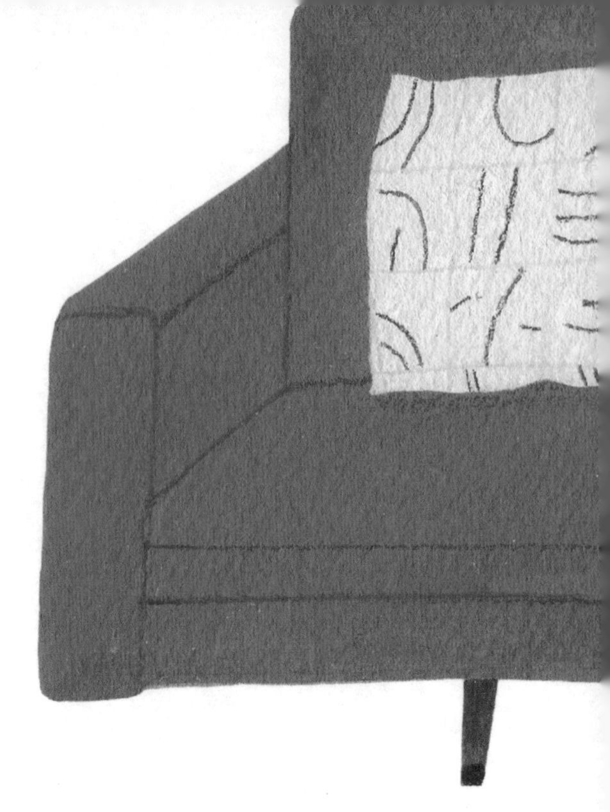

미국 시에라네바다 대학의 연구진들은 개가 '웃음소리'를 낸다고 주장하기도 했습니다. 숨이 차서 내는 소리와는 좀 다른 파장의 '헥헥'에 가까운 소리라고 해요. 그리고 영국 포츠머스 대학의 개 인지 센터에서는 개의 표정 변화가 사람 때문이라는 것을 밝혀냈죠. 개들이 사람과 있을 때에는 표정이 다양하지만 혼자 있거나 먹이만 앞에 있을 때는 무표정했다는 겁니다. 감정이란 전염성이 굉장히 강하죠. 그

래서 일상을 함께하는 이가 어떤 표정으로 당신을 바라보느냐가 바로 당신의 거울인 것입니다. 당신의 개는 오늘 행복한 얼굴인가요?

개는 날 절대 물지 않아요. 사람이 물죠.
- 마릴린 먼로

신이 나서 폴짝

개는 당신이 집에 오자마자 신이 나서 뽀뽀를 퍼붓고 엉덩방아를 찧을 정도로 격하게 달려들면서 당신이 분명 감격할 거라고 생각하지요. 비록 당신은 진흙투성이 발과 커다란 혓바닥의 맹렬한 공세 없이 조용히 집 안으로 입장하는 쪽을 선호할 수도 있지만요. 개가 폴짝거리며 뛰어오르는 것은 우위를 주장하는 방법이기도 하지만 그저 이렇게 말하고 싶은 것일 수도 있습니다. "날 좀 봐줘요오오오오오오!" 이게 얼마나 문제가 되느냐는 당연히 당신이 어떤 종류의 개를 키우고 있느냐에 달려 있지요. 툭하면 흥분하는 치와와와 격앙된 세인트버나드는 전적으로 차원이 다르니까요.

기분이 좋거나 흥분한 개가 캥거루처럼 뛰는 모습을 자주 볼 수 있습니다. 주인이 사랑받고 있다는 증거이긴 하지만 이런 행동은 개의 덩치가 크건 작건 사고로 이어질 가능성이 있기에 훈련이 필요합니다. 가장 좋은 방법은 개가 점프를 할 때 아무런 반응도 보이지 않는 겁니다. 아무리 사소한 주인의 반응이라도 개는 보상으로 받아들일 수 있기 때문이죠. 무관심만큼 혹독한 가르침은 없답니다.

사람의 영혼은 개를 대하는 모습으로 알 수가 있다.
- 체이스 도란

내 꼬리를 읽어봐

개가 꼬리를 살살 흔들고 있는 것처럼 보여도 개의 세계에서 그것이 꼭 '괜찮다'는 의미는 아닙니다. 위로 바짝 세운 꼬리는 불편하고 불안한 심경을 드러내는 것이거나 심지어 당신을 향해 이빨을 드러낼 수도 있다는 뜻이에요. 공원에서 얼어붙은 것 같은 정지 자세로 이렇게 꼬리를 들고 있거나 살짝 흔들고 있는 개를 보면 가까이 가지 않는 것이 현명한 선택입니다. 개가 뭔가에 놀라 잔뜩 겁을 먹었거나 운수 사나운 날을 보내고 있는 중일 수 있거든요.

개는 혼자 있을 때 꼬리를 흔들지 않습니다. 감정을 표현할 상대가 없기 때문이죠. 개가 꼬리를 흔드는 속도는 많은 의미를 가지고 있습니다. 속도가 빠를수록 흥분한 것이고 느리거나 지나치게 부드러운 것은 불안한 개의 경고 신호입니다. 개가 꼬리를 흔드는 것을 모두 호의로 착각하는 것이 많은 개 물림 사고의 원인이 되지요. 감정의 소통은 세심한 관찰에서 시작됩니다.

눈맞춤의 비밀

개가 눈을 깜빡거리는 것도 잊은 채 당신을 뚫어지게 쳐다보고 있다면 약간 위협적으로 느껴질 수도 있지만, 사실은 그저 당신의 관심을 끌거나 당신과 연결되기 위해 애쓰고 있는 중일 가능성이 높습니다. 개와 주인이 서로의 눈을 들여다보고 있을 때 네 다리를 가진 우리의 사랑스러운 친구

들에게서 호르몬 반응이 일어나 심리적인 유대감을 더 깊게 만들어주지요. 아, 물론 당신이 간식을 들고 있고 개가 당신에게서 눈을 떼지 못한다면 그거야 순전히 비스킷 때문이지만요.

당신의 개는 당신의 기분이 어떤지, 당신이 무슨 말을 하는지 늘 촉각을 곤두세우고 있습니다. 당신을 기쁘게 해주려면 자신이 어떤 행동을 해야 하는지 알기 위해서예요. 개는 사람의 표정을 읽고 해석하는 데 전문가랍니다. 그러니 그리 애타게 쳐다보게만 하지 말고 눈을 맞춰주세요. 그저 바라보는 것만으로 누군가를 행복하게 해줄 수 있다는 것을 알게 될 겁니다.

당신이 믿어도 되는 친구는 셋뿐이다. 늙은 부인, 늙은 개, 준비된 현금.

- 벤저민 프랭클린

개가 시선을 피할 때

커다란 눈망울에 무한한 신뢰를 담고 사랑스럽게 당신을 올려다보는 개보다 더 마음 따뜻해지는 게 또 있을까요? (비록 녀석의 속셈이 "저녁 밥상에 제가 발 한쪽만 걸쳐도 될까요?"라는 걸 뻔히 알지만 말이죠.) 그렇지만 당신의 개가 좋아하는 사람과 눈을 맞추며 자주 행복해하더라도 눈맞춤을 지나치게 오래 끄는 것은 개의 세계에서 흔히 도전이나 우위를 주장하는 방법입니다. 그래서 개가 당신의 시선을 슬쩍 피할 때가 있는 거예요. 그건 당신에게 예의를 차리기 위해서일 수도 있고 마음에 걸리는 게 있기 때문일 수도 있습니다. 당신이 나중에 침실로 들어설 때 썩 반갑지 않은 것을 밟게 될 거라는 걸 알고 있는 거죠…….

개가 딴청을 피울 때에는 반드시 이유가 있어요. 뭔가 사고를 쳤거나 목욕, 예방 주사 맞기, 발톱 깎기처럼 하기 싫은 일을 시킬 것 같을 때 일부러 고개를 돌립니다. 그리고 주인이 화를 낼 때나 자신이 흥분했을 때에도 일부러 눈을 맞추지 않습니다. 서로에게 감정을 가라앉힐 시간을 주는 것이죠. 아무리 사랑하는 사이라도 가끔은 서로 다른 곳을 바라봐야 할 때가 있습니다.

동물의 눈을 바라보면 나에게 보이는 것은
동물이 아니라 한 생명이요, 친구요, 영혼이다.
- A. D. 윌리엄스

졸린 게 아니라구요

개가 하품을 하면 간밤에 고양이들이 잔뜩 튀어나오는 악몽에 시달리느라 잠을 푹 자지 못했나 보다 지레짐작할지 모르지만 그렇지 않답니다. 사실 개들이 하품을 하는 데에는 졸린 것과는 아무 상관 없는 몇 가지 이유가 있어요. 스트레스를 받았다는 뜻일 수도 있고 지나치게 흥분한 개가 주위에 있을 때 그만 진정하라고 신호를 보내는 것일 수도 있습니다. 그렇지만 동시에 뭔가 재미있는 걸 바라고 있을 때에도 하품을 해요. 그러니 다음에는 당신의 개가 하품을 한다고 성급하게 잠자리로 보내서 그 작은 희망을 산산조각내지 말아주세요.

옆에 있는 사람이 하품을 하면 왠지 모르게 자신도 하품을 하게 됩니다. 이런 하품의 전염이 일어나는 동물은 인간을 포함해서 침팬지, 마카크 원숭이 등 다섯 종이 있습니다. 그중에서 인간의 하품을 따라 하는 동물은 단 하나, 개뿐입니다. 그리고 더 놀라운 것은 당신의 개가 오로지 당신의 하품 소리만을 알아듣고 따라 한다는 거예요. 서로에게 길들여진다는 건 이런 거겠지요.

보고 싶은 걸 어쩌라고

현관에 들어서자마자 너덜너덜하게 찢긴 소파에 이빨 자국 선명한 텔레비전 리모컨, 그리고 온갖 신발들이 방바닥 가득 굴러다니는 집 안 풍경과 마주한 적이 있으신가요? 그리고 그 난장판 한가운데 당황한 얼굴로 눈을 동그랗게 뜨고 있는 개는요? 녀석은 제가 해놓은 짓이 그다지 환영받지 못할 걸 알고 있을 가능성이 높습니다. 그렇지만 제 자신을 어쩌지 못한 거죠. 이것은 분리불안의 증상일 수도 있어요. 당신의 털복숭이 친구는 당신이 늘 집에 함께 있어주기를 원하겠지만 대부분의 개들은 계속해서 안심을 시켜주고 훈련을 하면 결국 이 불안감을 이겨낼 수 있습니다.

평일에는 일 때문에 바쁘고 주말에는 노느라 바빠서 도무지 집에 붙어 있을 새가 없는 당신이 미워서 그러는 게 아니에요. 개는 절대 주인에게 서운해하지 않아요. 그저 당신이 보고 싶을 뿐이죠. 그래서 평소에 당신이 많이 쓰거나 아껴서 당신의 냄새가 가득 밴 물건부터 입에 갖다 대는 겁니다. 그래야 진정 효과가 크니까요. 그러다 집 안을 엉망으로 만들어놓더라도 크게 나무라거나 과하게 안쓰러워하지 말고 일상으로 받아들이게 해주세요. 당신의 부재가 오래여도 당신의 사랑은 늘 그대로라는 걸 믿게 해주세요.

반려견이 있는 사람들은 이미 알겠지만
당신이 개에게 먹이와 물, 쉴 곳과 사랑을 준다면
개는 당신을 신으로 생각할 것이다.
반면 반려묘가 있는 사람들이 어쩔 수 없이 깨닫게 되는 것은
고양이에게 먹이와 물, 쉴 곳과 사랑을 주었을 때
고양이는 자신이 신이라고 생각한다는 것이다.
- 크리스토퍼 히친스

얼음 땡

멍멍이 버전의 '싸워', '도망가', '꼼짝 마'는 우리도 잘 알고 있지요. 개가 불안을 드러내는 미묘한 신호는 순식간에 지나가버려서 알아채기가 쉽지 않지만, 갑자기 '얼음!' 자세로 우뚝 서서 꼼짝도 하지 않는 개의 의도는 확실합니다. 마음에 걸리는 게 뭔지 상황을 파악해보려고 하는 거지요. 그러니 잠시 내버려두세요. 그리고 가능하다면 그 자리를 벗어날 기회를 주세요.

산책길에 신이 나서 앞장을 서던 개가 갑자기 서서 바위처럼 버티기 시작하면 당황을 넘어 황당해질 수밖에요. 그렇지만 개들은 극도로 예민한 코와 놀라운 청력을 가졌기에 우리가 모르는 무언가를 감지했는지 모릅니다. 아니면 다리가 아프거나 목줄이 영 불편한 것일 수도 있어요. 이럴 때 남들의 시선을 신경 쓰며 몰아세워봐야 소용이 없습니다. '이유가 있겠지'라는 믿음으로 답답함을 참고 기다리면 저절로 '땡!'의 순간이 옵니다. 영원한 '얼음'은 없으니까요.

침이 저절로 흐르는 걸 어떻게 해요

어떤 개들은 그야말로 침 줄줄 '침쟁이'이면서도 너무나 위풍당당합니다. 당신의 멍멍이 동반자가 뉴펀들랜드(초대형 검은색 개로 큰 수컷의 경우 90kg 이상 나가는 경우도 있다 — 옮긴이 주)나 바셋 하운드(프랑스 사냥견으로 축 늘어진 귀에 짧은 다리를 가졌다 — 옮긴이 주)라면 개가 물어온 공이 침투성이가 되어 있는 것에 익숙해질 거예요. 맛있는 냄새를 폴폴 풍기며 스테이크를 굽고 있을 때 개가 군침을 흘리는 건 자연스러운 일입니다. 그러나 개가 지나치게 침을 흘리는 건 스트레스의 신호일 수 있어요. 만일 개가 뛰어다니지도 않았는데 거칠게 숨을 헐떡거리거나 몸을 부들부들 떨고 있다면 근처에 신경에 거슬리는 무언가가 있을 가능성이 높습니다.

개는 사람과 달리 음식을 잘게 씹어서 삼키는 게 아니기 때문에 입에서 위까지 음식의 운반을 돕는 침이 활발하게 분비됩니다. 그리고 후각이 발달한 만큼 음식 냄새에 대한 반응도 더 강하게 나타나요. 당신의 개의 발치에 침 웅덩이가 고일 수도 있다니까요. '원래 그래요'라는 건 한계를 긋는 말이라고 합니다. 그러면 변할 기회를 잃게 된다고 하죠. 그렇지만 진짜로 '원래' 그런 건 아무리 성가시더라도 참아주세요. 변할 수 없는 게 있다는 걸 당신도 아시잖아요.

떨쳐버려

개가 갑자기 온몸을 격렬하게 터는 것은 과하게 흥분했을 때 지나치게 분비된 아드레날린이나 근육의 긴장을 없애기 위해서입니다. 다른 개와 거하게 놀고 난 후, 그리고 산책 시간을 기다리는 동안 신이 나서 온 집안을 뛰어다닌 뒤 당신

이 목줄을 채우고 나면 이런 행동을 하는 것을 볼 수 있을 거예요. 말하자면 그들만의 재빠른 시스템 재부팅 방법인 거죠. 자, 이제 출동 준비 완료됐습니다!

과도한 흥분이나 스트레스, 불안을 털어내기 위해 개들은 진짜로 신나게 '털어내요.' 아무렇지도 않은 척하며 꾹꾹 눌러 참거나 솔직하게 표현하지 못해서 끝내 아무것도 떨쳐내지 못하고 마음의 병을 쌓는 건 사람들이지요.

꼭 다문 입

밖으로 축 늘어진 혀와 느슨하게 벌어진 입은 개가 느긋하고 행복한 상태라는 걸 보여주는 반면 결연하게 다문 입은 경계 중을 의미합니다. 그렇지만 단순히 상황을 파악하고 있는 것일 수도 있으니 진짜로 개의 기분이 어떤지 알려면 나머지 보디랭귀지를 눈여겨봐야 합니다. 귀를 뒤로 젖히고 있거나 바짝 곧추세우고 있지는 않나요? 눈은 어떤 모양을 하고 있나요? 아, 물론 그저 다람쥐 생각에 푹 빠져 있는 것일 수도 있긴 합니다만.

'입이 터진 팥 자루 같다'는 말이 있습니다. 기분이 너무 좋아서 입을 헤벌리고 있는 모양을 비유한 것이죠. 사랑과 기침은 숨길 수 없다고 하지요. 그래서 당신의 개가 사랑하는 당신을 바라볼 때면 늘 '터진 팥 자루' 같은 입을 하고 있는 거예요.

한 번 멋진 개를 기르고 나면 개가 없는 삶은 반쪽짜리일 뿐이다.

- 딘 쿤츠

빙글빙글

꼬리 쫓기를 할 때와 마찬가지로 어떤 개들은 당신의 관심을 끌기 위해 광대처럼 익살을 떠느라 한자리에서 빙글빙글 돕니다. 아니면 마음이 복잡한 것일 수도 있어요. 너무나 많은 감정을 감당하느라 뇌가 말 그대로 쳇바퀴 돌듯 제자리를 맴돌고 있는 거죠.

개들은 배변을 하기 전에 자꾸 맴을 돕니다. 배변을 하는 동안 무방비 상태가 되기 때문에 미리 위험 요소를 확인해 두려는 거예요. 동시에 이 동작이 장에 자극을 주어서 배변 활동을 원활하게 만들어주기도 하고요. 때론 당신의 얼굴을 보고 너무 기뻐서 빙글빙글 돌기도 해요. 그런데 이때 표정을 잘 봐야 합니다. 당신이 이름을 불렀는데도 시큰둥한 채 맴돌기만 한다면 너무 오래 혼자 내버려두는 바람에 우울증이 온 것일 수도 있어요. 무거운 생각이 많아질 때 몸을 혹사시켜 잊으려는 본능은 사람이나 개나 마찬가지인가 봅니다.

혀로 제 코 핥기

자, 솔직해집시다. 만약 당신이 저만큼 큰 혀를 가지고 있다면 과연 제 코끝을 핥을 수 있을지 시험해보고 싶은 마음이 분명 들 겁니다. 그렇죠? 사실 개들이 코를 핥는 것에는 실용적인 기능도 있어요. 개의 코는 매우 예민하고 주변에서 일어나는 일들에 대한 많은 정보를 알려주거든요. 그래서 코를 늘 최고의 상태로 촉촉하게 유지하는 것은 몹시 중요한 일이에요. 개가 잽싸게 제 코를 핥는 것은 상황 파악을 하고 그다음 행동을 결정하기 위해 잠시 숨을 고르는 그들만의 방법이기도 합니다.

개의 코가 젖어 있으면 냄새 분자를 빨리 흡착해서 정보를 알아내고 공기가 흐르는 방향을 감지해내는 데 도움이 됩니다. 그리고 상대방에 대한 진정 신호로도 쓰입니다. 당신이 개에게 당신의 눈에만 귀여운 옷을 입히려고 할 때, 이미 수도 없이 사진을 찍었는데 또 찍겠다고 휴대폰을 들이댈 때, 귀 청소를 하러 다가갈 때 개가 자신의 코를 연신 핥아대고 있지 않나요? 제발 진정해주세요.

준비된 하루

당신의 개가 무슨 생각을 하고 있는지, 그리고 기분이 어떤지를 파악하는 최고의 방법은 꼬리와 귀, 그리고 입을 한꺼번에 살피는 것이죠. 귀는 앞쪽을 향해 쫑긋 서 있고 입 모양은 긴장감 없이 편안해 보이고 꼬리는 지금 당장이라도 흔들 준비가 되어 있나요? 그렇다면 당신의 개는 안정감을 느끼고 있으며 다람쥐든 고양이든 우체부든 오늘의 도전을 수행할 준비가 되었다는 뜻입니다. (아이참, 당연히 수의사 선생님은 빼고요.)

일상의 풍경은 내 눈에 너무나 익숙해서 제대로 못 보고 지나치기 쉽습니다. 일상의 존재 역시 마찬가지입니다. 나의 삶에 가장 큰 행복을 줄 수도 있지만 동시에 가장 깊은 균열을 줄 수도 있는 것이 바로 그 가장 가까운 존재들이랍니다. 나와 함께 삶을 공유하고 있는 그들의 방식을 제대로 못 보고 결국 이해하지 못했을 때 말이에요.

왜 자꾸 눕냐고요?

개들이 배를 보이며 드러눕는 데에는 두 가지 이유가 있습니다. 첫째는 복종의 의미입니다. 당신에게 주도권이 있다는 걸 인지하고 있으며 자신이 위협이 되지 않을 거라는 걸

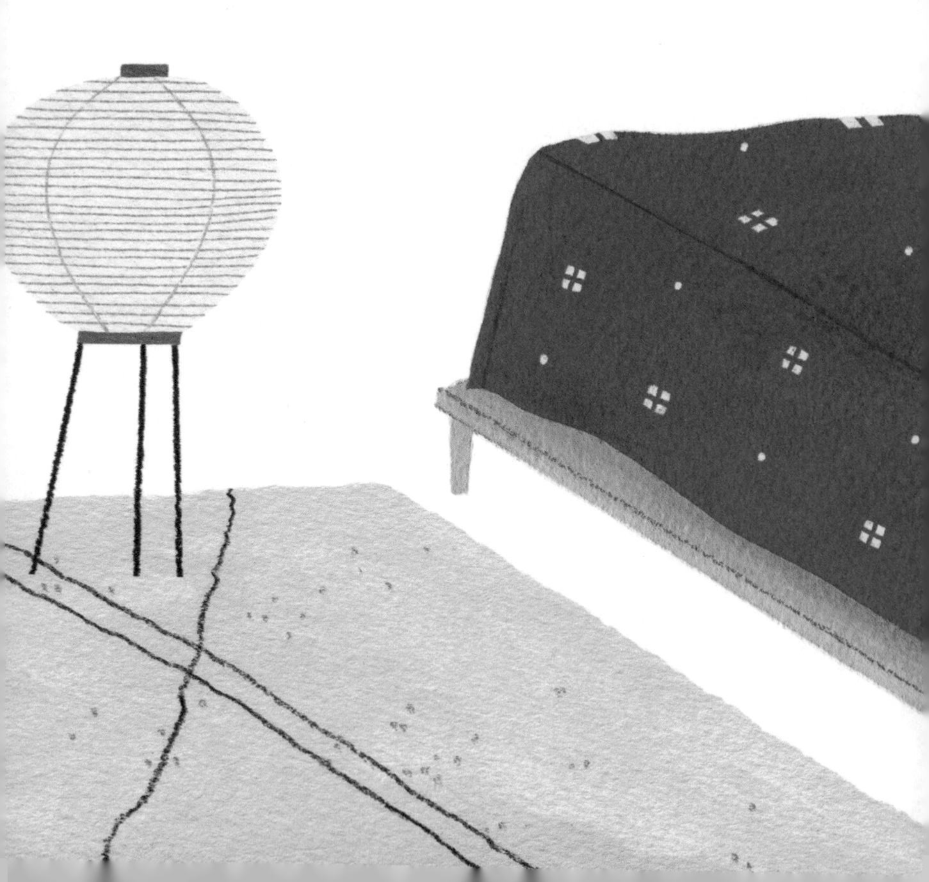

당신에게 명확히 알려주려는 겁니다. 두 번째 이유는 그저 당신이 배를 긁어주기를 너무나 간절히 바라기 때문이에요. 배는 개가 저 혼자 긁을 수가 없거든요! 당신이 조금만 관심을 갖는다면 이 둘의 차이를 쉽게 알 수 있을 거예요. 배를 만져달라고 보채는 개는 혀를 밖으로 늘어트린 채 꼬리를 흔들면서 느긋한 표정으로 몸을 씰룩씰룩거리거든요.

개는 사람이 배를 긁어줄 때의 느낌을 좋아합니다. 포유류의 경우 모낭을 자극해주면 뇌의 특정 부분이 활성화되는데 특히 배는 털이 없는 부위여서 개들이 더 좋아하는 것이지요. 개가 낯선 사람이나 자신보다 몸집이 큰 개 앞에서 드러눕는 것은 위협감을 느끼고 있다는 신호일 수도 있어요. 특히 배를 보이는 동시에 입술을 핥고 있다면 개가 불편해하고 있다는 뜻이니 몸에 손을 대지 않는 게 좋습니다. 아무리 눈으로 보기에 같은 행동이라도 가끔은 전혀 다른 의미를 품고 있을 때가 있는 겁니다.

아무리 돈이 없고 가진 게 없더라도
개만 있으면 마음을 부유하게 만들어준다.
- 루이스 세이빈

절값으로 놀아주기

놀기 좋아하는 강아지가 주변에 있다면 이 보디랭귀지를 알아보시겠죠. 당신의 털복숭이 친구가 앞발 팔꿈치를 바닥에 댄 상태로 두 다리를 쭉 내밀고 절을 하는 것처럼 엎드리면서 엉덩이만 공중으로 치켜드는 것은 놀자는 신호입니다. 사람뿐만 아니라 공원에서 만난 다른 개들에게도 이런 신호를 보냅니다. "놀아줘!"라고 말이죠. 개 두 마리가 어울려서 놀고 있을 때 한번 잘 지켜보세요. 설령 놀이가 좀 거친 방향으로 흐르더라도 이런 절을 하는 건 한창 재미있다는 의미이니까요.

똑같은 행동이지만 미묘한 차이로 해석을 좀 달리해야 하는 경우가 있습니다. 상체만 엎드리고 있더라도 고개를 돌린 채 움직이지 않는다면 그건 앞에 있는 상대에게 "싸우고 싶지 않아요."라고 하는 것입니다. 어떻게 구분하냐고요? 표정을 보면 알 수 있습니다. 놀자는 신호로 절을 하는 개의 얼굴에는 장난기가 흘러넘칠 테니까요.

당신의 개가 비만이라면

당신은 충분한 운동을 하지 않고 있다는 것이다.

- 작자 미상

개의 눈높이

당신의 개가 몸을 앞으로 잔뜩 기울이고 있는 것은 대부분 제 키높이 공간에 뭔가 그들의 관심을 끌거나 궁금한 게 있기 때문입니다. 스트레스를 받고 있다는 다른 보디랭귀지가 없는 한, 호기심을 발동시킨 그 무언가를 향해 코를 킁킁대면서 일자로 빳빳하게 힘을 준 꼬리와 정면을 향해 선 귀는 열심히 탐색 중이라는 것을 나타냅니다.

가장 위대한 사진가들이 모인 매그넘 소속의 엘리엇 어윗은 개를 찍는 사진가로 유명합니다. 그런데 그의 개 사진에는 한 가지 특징이 있습니다. 바로 '눈높이'입니다. 개의 눈높이에서 개를 찍은 것이죠. 그러니 당연히 배경은 개의 눈높이에서 보는 세상입니다. 단지 십몇 센티미터의 작은 차이가 만들어낸 차이는 결코 작지 않았습니다. 눈높이를 맞춰보면 알 수 있습니다. 당신은 결코 알 수 없었던 세상이 그곳에 있다는 걸 말입니다.

진심의 으르렁

개가 귀를 뒤로 눕히면서 이빨을 드러내고 심지어 으르렁거리는 소리를 내는 건 초경계 태세에 돌입했다는 신호입니다. 위협감을 느끼고 있거나 화가 나 있을 수도 있어요. 공포와 개 특유의 소유욕이 주요 이유입니다. 창밖의 폭죽 터지는 소리가 무섭거나 밥그릇에서 먹이를 슬쩍해가는 얄미운 고양이 때문에 마침내 뚜껑이 열린 것일 수도 있어요. 어느 쪽이든 개에게서 조금 물러나서 그들만의 공간을 존중해주세요.

개 소유욕CPA: Canine Possession Aggression의 가장 흔한 형태는 음식 공격성입니다. 밥을 먹는 동안 가족조차 가까이 오지 못하게 하고 밥그릇이나 음식에 손을 댔을 때 공격 자세를 취한다면 '으르렁' 단계를 지나 심각해지기 전에 훈련이 필요해요. 당신이 리더라는 것을 다시 한번 인식시키고 음식에 집착할 필요가 없다고 안심시켜주어야 합니다. 소중한 것을 언제 빼앗길지 모른다는 두려움만큼 마음을 사납게 만드는 건 없지요.

만약에 개가 당신의 얼굴을 보기만 하고
당신에게 다가오지 않는다면
집으로 돌아가서 당신의 양심을 점검해보아야 한다.
- 우드로우 윌슨

멍! 멍! 멍!

개의 짖는 소리가 점점 커지는 것은 즐거운 시간을 보내고 있다는 증거예요. 보통 중간 정도 음에서 시작해서 점점 소리가 올라갑니다. 공원에서 친구들과 놀고 있는 중이든 생긴 게 딱 마음에 드는 나뭇가지를 발견해서 기분이 좋아진 것이든 한껏 신이 난 행복한 개가 기쁨을 속에만 담아두기 힘든 거지요.

개는 본디 짖는 동물입니다. 짖는 소리로 의사 표시를 하고 소통하기 때문에 개가 '짖지 않게 하는 방법'은 없지만 개가 '덜 짖도록' 도와줄 수는 있어요. 세상에 대한 두려움을 줄여주는 겁니다. 개가 살면서 마주치게 되는 다양한 환경과 자극에 익숙해질 수 있도록 자주 밖으로 데리고 나가서 낯선 것들을 경험하게 하는 거예요. 일방적으로 요구하기보다 같이 노력하는 쪽이 문제 해결의 가능성이 훨씬 높습니다.

늑대 소리

개의 조상인 늑대들은 무리와 소통하기 위해, 혹은 근처에 있는 적에게 자신들의 영역이라는 것을 알리기 위해 울부짖었습니다. 그러나 집에서 생활하는 개들은 들리는 소리에 반응하기 위해 울부짖는 경우가 훨씬 더 많아요. 때로는 라디오에서 흘러나오는 노래(더 현실적으로는 자동차 도난 방지 경보음)를 따라 부르기도 하고 때로는 소리 때문에 귀가 아프다고 항의를 하는 거예요. 저스틴 비버는 이제 싫증이 날 때도 됐잖아요. 스눕 독을 좀 더 틀어달라구요~.

개가 집에 혼자 있을 때 늑대처럼 울부짖는다는 걸 아시나요? 개는 천성적으로 분리에 대해 강한 불안감을 가지고 있어서 무리에서 떨어지거나 홀로 남겨지는 것을 별로 좋아하지 않아요. 개의 울부짖음은 당신에게 닿기 위한 그들만의 '부름'입니다. 그렇다고 당신이 덩달아 목소리를 높이면 개는 자신의 소리에 장단을 맞춰주는 것으로 착각할 수 있어요. 오히려 아무런 반응을 보이지 않는 편이 낫습니다.

그때그때 달라요

개가 낮게 으르렁거리는 것이 꼭 기분이 상했거나 화가 났다는 의미는 아닙니다. 강아지들은 놀면서 자주 으르렁거리는 소리를 내기도 해요. 제 소리를 스스로 깨우쳐가는 거죠.

그리고 행복한 개가 즐거운 시간을 보내면서 만족감을 표현하기 위해 신음 소리처럼 나직하게 으르렁거릴 수도 있어요. “이거 좋은데요.”와 “몹시 거슬려요.”의 차이를 알려면 열심히 귀를 기울이고 나머지 보디랭귀지를 눈여겨 살피는 방법뿐이에요.

개가 좋아하는 놀이 중에 장난감을 가지고 줄다리기를 하듯 당기는 터그 놀이가 있습니다. 이 놀이를 하다 보면 개가 신이 나서 으르렁거리곤 하지요. 그런데 여기에도 요령이 있어요. 놀이를 끝낼 때 장난감에 과하게 집착하지 않도록 "놔!"라는 명령에 복종하는 훈련을 시키거나 아니면 개가 좌절감을 느끼지 않도록 장난감을 뺏겨주는 거예요. 져준다고 해서 개가 당신을 우습게 보는 일은 없습니다. 당신이 사랑해서 '져준다'는 걸 다 알거든요.

개는 말한다. 오직 들을 줄 아는 사람들에게만.

- 오르한 파무크

털을 벗을 수도 없고

온몸이 털로 덮여 있으면 몸을 따뜻하게 유지하는 건 일도 아닙니다. 체온을 낮추는 게 문제죠. 등을 바닥에 대고 반듯하게 눕는 건 불리한 상황에 처할 수 있기에 개의 본능에 어긋나는 일이에요(한껏 느긋하게 눈을 붙이고 있는 중이 아니라면 말이죠 — 앞서 나온 '벌러덩 눕개' 부분을 참고하세요). 그렇지만 개의 몸 중에서 가장 털이 적게 난 곳이 배이다 보니 이 부분을 공기 중에 노출시키면 체온을 떨어트릴 수가 있어요. 개가 공원에서 열정적으로 잡기 놀이를 하고 난 뒤 진흙 구덩이 속에 배를 깔고 털썩 주저앉는 것도 이런 이유랍니다. 지난밤에 당신이 하기 싫은 목욕을 억지로 하게 만든 것을 대놓고 비웃으려는 것만은 아니란 거죠.

개의 체온은 인간보다 살짝 높은 편입니다. 개는 호흡과 침 등을 통해 열을 발산하는데, 무더운 여름철에 털 때문에 더울 것 같다는 이유로 개의 털을 깎아주는 사람들이 꽤 있습니다. 그러나 털은 열을 막아주고 공기를 머금어

몸을 식혀주는 단열재 역할도 하기 때문에 털을 심하게 밀면 오히려 열사병의 위험이 커진답니다. 상대를 위해 하는 일이 오히려 역효과를 내는 건 상대에 대해 제대로 파악하지 못했기 때문이에요.

감정의 냄새

인간과 개의 우정은 아주 긴 시간을 거슬러 올라갑니다. 그 오랜 세월을 함께해왔으니 우리에 대해 알고 있는 것도 많을 것이고 우리의 감정을 맞춰주는 것에도 익숙하겠지요. 놀랍게도 이 털복숭이 친구는 당신의 감정의 냄새를 맡을 수가 있어요. 특히 두려움이나 고통에 민감하답니다. 당신의 개는 화가 난 당신을 그냥 두고 보지 못해요. 그래서 당신의 출렁이는 마음을 달래주기 위해 뒤를 졸졸 쫓아다니면서 평소보다 진한 뽀뽀 세례를 퍼붓고 당신의 뒤에 늘 자신이 버티고 있다는 걸 잊지 말라고 살포시 머리를 기대곤 하는 것입니다.

주인과 개의 성격이 닮아간다는 것은 그냥 속설이 아닙니다. 스트레스 호르몬인 코티솔과 심장박동 수 등을 비교해서 과학적으로 증명이 된 사실이에요. 감정에 민감한 개는 사람의 부정적인 감정에 '정서 전이'가 일어나요. 주인과 똑같이 세상을 위험한 곳으로 인식하게 되는 거죠. 그래서 신경이 과민한 사람의 개는 스트레스에 잘 대처하지 못합니다. 반면에 느긋한 사람의 개는 똑같이 느긋한 성격일 가능성이 높아요. "우리 집 개는 왜 이렇게 성격이 이상할까."라고 불평하는 건 결국 누워서 침 뱉기라는 거죠.

40킬로그램이나 나가는 동물이
당신의 눈물을 핥아주며 당신의 무릎 위에 올라앉으려고 할 때는
슬픈 감정이 들기 힘들다.
- 크리스탄 히긴스

제 입술을 핥핥핥

육즙이 줄줄 흐르는 스테이크를 굽고 있는데 당신의 개가 이글거리는 눈으로 당신을 쳐다보면서 입술을 핥고 있다면 개가 무슨 생각을 하고 있는지는 뻔한 거지요. 그런데 주변에 먹을 게 아무것도 없을 때도 그런다면요? 개는 불안하거나 스트레스를 받을 때 자주 입술을 핥습니다. 그러니 왜 개의 심기가 불편한 건지 살피세요. 만약 입술을 핥는 행동이 지속된다면 동물 치과를 갈 때가 됐다는 신호일 수도 있습니다.

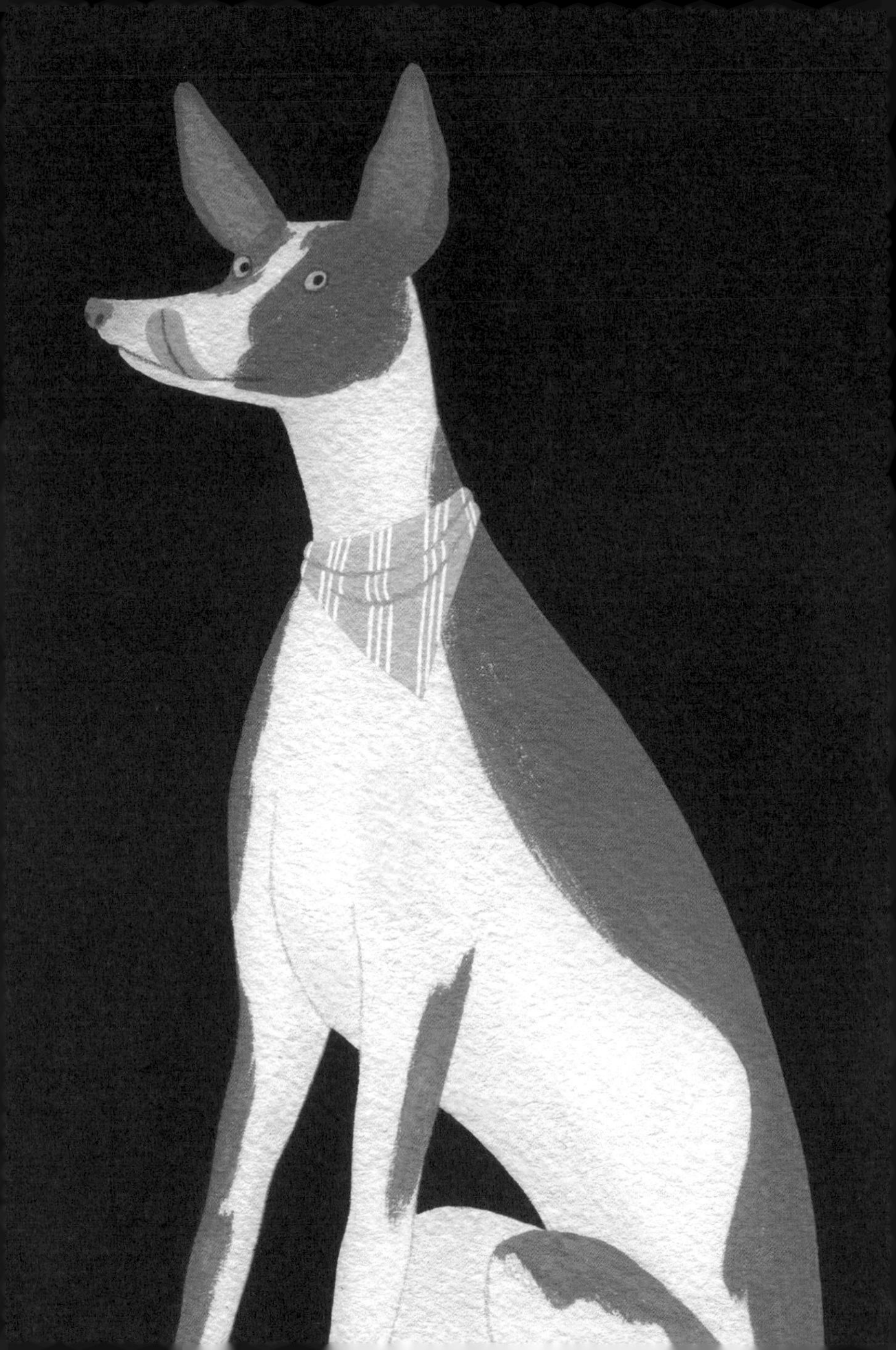

개의 기분에 가장 큰 영향을 미치는 것은 다른 무엇도 아닌 바로 당신입니다. 그래서 당신이 조금이라도 이상한 기색을 보이면 긴장을 하며 제 입술을 핥기 시작하는 거예요. 개는 사람이 화를 내는 이유를 정확하게 이해할 수 없기 때문에 일단은 당신과 싸울 의사가 없다는 것을 알리고 당신을 진정시키려는 겁니다. 이럴 때는 잠시 개를 가만히 내버려두세요. 일단 한 발 물러서는 것이 나중에 두 발 더 가까이 다가가는 밑거름이 됩니다.

부끄러움은 그대의 몫

멀쩡하게 중성화 수술을 받아 놓고 다른 개들이건 가구건 사람의 다리건 눈에 띄는 모든 것에 닥치는 대로 신나게 험핑을 하면서 주인이 당황하는 모습을 즐기는 것처럼 보이는 개들이 꼭 있단 말이지요. 사실 이런 행동은 개들에게 아주 자연스러운 것이에요. 성적인 의미보단 상대에게 서열을 보여주거나 넘치는 에너지를 소진하기 위한 거랍니다. 지하철 안에서 어쩌다 개의 뜨거운 관심을 받게 된 커다란 가방의 주인인 낯선 그녀에게도 이런 설명이 필요하겠지요. 어우, 뻘쭘해라!

실제로 개들의 험핑은 중성화의 유무나 성별과 큰 관련이 없어요. 기분이 아주 좋거나 흥분했을 때 놀이로 생각하기도 하고 사람과 함께 뭔가를 하고 싶을 때 관심을 끌기 위해서 하기도 해요. 그렇지만 공공장소에서는 아무래도 피하고 싶은 상황이 연출될 가능성이 높지요. 이런 행동을 멈추게 하려면 긴 시간을 들여 반복적인 훈련을 해야 합니다. 그렇지만 성가시고 불편하다는 이유로 타고난 본능을 억제하게 만드는데 그 정도 인내심은 감수해야죠.

발이 찬 당신을 위해

이런 기이한 행동을 보이는 특정한 개들이 있어요. 다른 개들은 꿈에도 생각하지 않는 일인데 별나게 주인의 신발 위에 앉아 있는 것을 즐긴단 말이지요. 만일 개가 당신의 운동화 위에 앉아 있기를 좋아한다면 전에 개가 이런 행동을 했을 때 당신이 보상을 해준 적이 있었을지 몰라요. 그래서 당신이 그 행동을 좋아하는 걸 아는 거죠. 아니면 당신을 얼마나 사랑하는지 보여주기 위해 가능한 한 당신과 가까이 붙어 있으려고 그러는 것일 수도 있고, 뭔가에 겁을 먹은 것일 수도 있어요. 개가 이런 생각을 하고 있을지 모른다는 거죠. "주인님이 최고예요!" 혹은 "으악! 또 불꽃놀이야!!"

개는 냄새에 매우 민감할 뿐 아니라 냄새를 사랑합니다. 그중에서도 가장 사랑하는 냄새는 바로 당신의 냄새죠. 사람의 발에는 땀샘이 많이 분포되어 있어서 다른 신체 부위에 비해 특유의 냄새가 나기 쉽습니다. 당신에게는 고약한 냄새일 수도 있지만 개에게는 안정감을 느끼게 해주는 최고의 냄새예요. 차가운 날씨에 당신은 발 위를 점거한 털뭉치로 따뜻해서 좋고 당신의 개는 마음껏 당신 곁에 있어서 좋고. 동상이몽이면 뭐 어떻습니까.

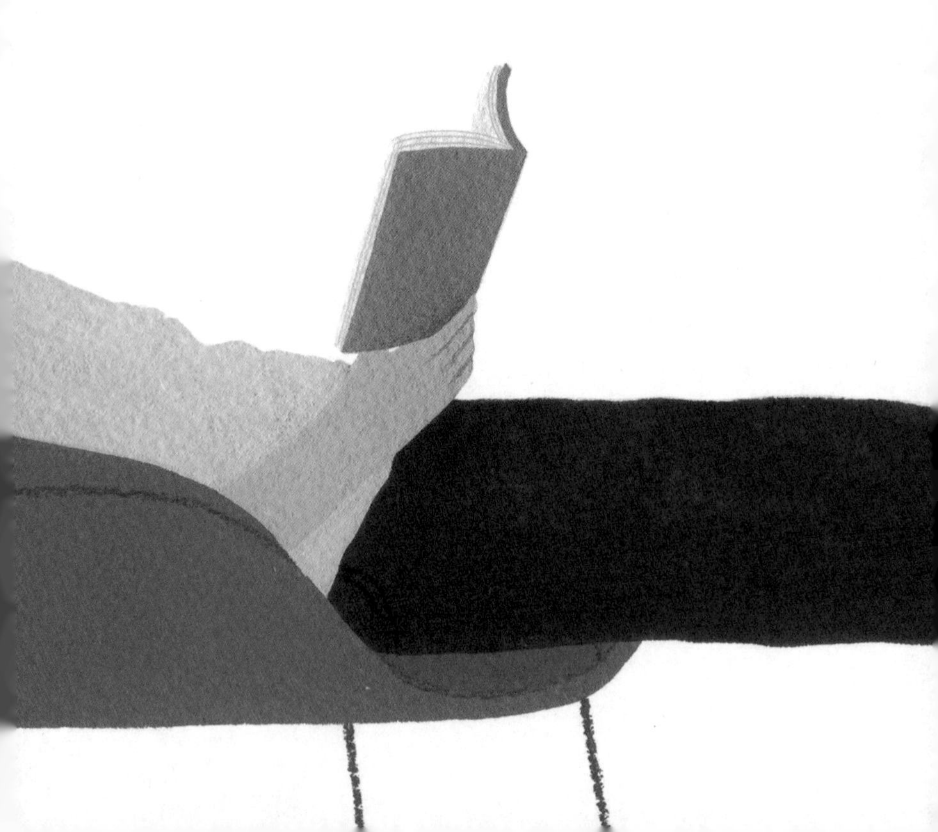

사람이 동물을 사랑한 적이 없다면

그 영혼의 일부는 깨어 있지 않은 상태인 것이다.

- 아나톨 프랑스

꼬리의 말

꼬리를 흔드는 개는 다 기분이 좋아서 그런 거라고 생각하는 인간들 중 한 명이 되지는 맙시다. 어떤 개라도 그럴 거예요. 그보다는 훨씬 복잡한 속내가 있다고요. 개들은 동작을 매우 민감하게 감별해낼 수 있어서 꼬리의 말은 의사를 전달하는 훌륭한 수단이 되지요. 직립 보행을 하는 동반자들은 친구의 말뜻을 제대로 이해하기 위해 나머지 보디랭귀지도 마저 확인하고 싶을 테지만, 개가 꼬리를 반만 든 채 짧고 느리게 양옆으로 살랑살랑 흔드는 것은 꼬리의 말로 뭔가 불안하고 걱정거리가 있다는 뜻이랍니다.

2013년 이탈리아의 한 연구에 따르면 개들은 불안과 경계심을 느낄 때 왼쪽으로 꼬리를 흔들고 편안한 상태일수록 오른쪽으로 꼬리를 흔든다고 합니다. 그래서 다른 개가 왼쪽으로 꼬리를 흔드는 것을 보면 심장 박동 수가 빠르게 올라가고 오른쪽으로 흔드는 것을 보면 긍정적인 반응이 나타난다죠. 개의 꼬리는 무척이나 다양한 수다가 가능해요. 나와 다른 말을 쓰는 상대와 소통을 하고 싶다면 그 말부터 배우는 게 기본이겠죠. 물론 당신이 얼마나 간절하게 원하느냐에 달린 일이겠지만요.

만일 내가 내 반려견의 반만이라도 닮는다면
두 배는 더 인간적인 사람이 될 수 있을 것이다.
- 찰스 유

와이퍼 출동

꼬리를 흔드는 것은 개들의 의사소통 수단입니다. 한 연구 결과에 따르면 개들은 혼자 있을 때 꼬리를 거의 흔들지 않는다고 합니다. 주위에 아무도 없는데 가구에다 대고 얘기하는 격인 거죠. 당신의 베스트 프렌드의 꼬리가 장대비가 오는 날 자동차 유리창의 와이퍼처럼 숨 가쁘게 왔다 갔다 하는 게 신나게 놀 준비가 됐다는 신호라는 걸 알아채지 못할 사람은 없을 거예요. 그러니 털북숭이 친구의 몸집에 따라서, 혹시 집안 대대로 내려오는 가보라도 가까이 있다면 미리 꼭 붙들고 있으세요.

개는 태어난 지 3~4개월 정도부터 꼬리를 흔들기 시작합니다. 대화의 수단이자 척추의 연장으로 몸의 균형을 잡아주고 방향타 역할을 하기도 하는 중요한 기관이죠. 그런데 이런 꼬리를 단순한 미용 목적으로 자르는 사람들이 있어요. 단미를 하고 나면 개는 꼬리를 이용해서 자신의 감정 상태와 의도를 전달하는 게 불가능해집니다. 실제로 사회성이 좋았던 개가 교통사고로 꼬리를 잃자 다른 개들이 다가오기를 거부하고 으르렁거리기 시작했다고 해요. 꼬리가 없어서 그 개가 어떤 기분인지 알 수 없었기 때문이었죠. 그뿐만이 아니에요. 수영 능력도 현저히 떨어지고 달릴 때 몸의 중심도 많이 흔들리게 됩니다. 자연의 법칙에 따라 존재하는 것들은 그곳에 있는 이유가 있어요. 그러니 함부로 해서는 안 되죠.

개는 자신을 필요로 하는 이들을 찾아가
그들이 알지 못했던 공허함을 채워준다.
- 톰 존슨

고래눈

우리의 털복숭이 친구는 대형 수생 포유류인 고래와 자신들이 가진 공통점이 뭔지 알지 못하기에 '고래눈'이라는 표현이 사뭇 당황스러울 거예요. 이것은 개 훈련사들이 눈을 크고 동그랗게 뜨고 시선을 고정시킨 채 머리를 옆으로 돌리는 개들의 모습을 설명할 때 사용하는 말입니다. 그러면 눈의 가장자리에 흰자위가 초승달 모양으로 드러나게 되거든요. 개들이 겁을 먹었거나 위협을 느끼고 있다는 뜻이에요.

사랑스럽고 귀여운 개를 보면 나도 모르게 꽉 안아주고 싶어지지요. 그렇지만 힘의 조절이 중요해요. 너무 세게 끌어안으면 개에게 위협감을 줄 수 있거든요. 낯선 얼굴이 갑자기 가까이 다가올 때도 마찬가지예요. 평소에는 흰자가 잘 보이지 않는 순둥순둥한 개의 눈이 별안간 고래눈이 된다면 방어를 위해 공격적으로 변할 수도 있다는 신호입니다. 상대를 살피지 않고 내 마음만 따라가면 너무 앞서 나갈 위험이 있어요. 적당한 거리는 서로에게 안심 거리가 되어주죠.

귀만 봐도 알아요 1

뒤로 누운 귀

개는 귀로도 참 많은 말을 합니다. 귀가 어떤 모양인지에 따라 그 뜻을 명확하게 구분할 수 있어요. 귀를 뒤쪽 머리통에 납작하게 붙이고 있는 것은 보통 두려움을 의미하지만 방어적 공격성을 드러내는 것일 수도 있습니다. 일반적으로 정상적인 위치에서부터 뒤로 많이 누울수록 개가 걱정이 많다는 거예요. 귀를 뒤로 젖히기만 했지 머리통에 딱 붙이고 있지 않다면 슬프거나 뭔가가 간절한 겁니다(간식이 모두 떨어진 것일지도 몰라요!). 그리고 어떤 개들은 주인이 쓰다듬어 줄 때 그 손길을 즐기느라 귀를 눕히고 있기도 합니다.

귀를 뒤로 젖히고 있는 개의 표정까지 살핀다면 좀 더 확실하게 개의 마음을 들여다볼 수 있습니다. 귀를 눕힌 채 가볍게 헥헥거리거나 입가의 근육이 느슨하게 풀어져 있으면 만족스럽다는 뜻이에요. 두렵거나 긴장될 때는 귀를 눕히는 동시에 입술을 핥는다든지 꼬리를 내린다든지 눈을 피하는 동작이 뒤따릅니다. 누군가를 온전히 이해하는 데에는 복합적인 해석 능력이 필요한 법이죠.

사람에게는 동물을 다스릴 권한이 있는 것이 아니라
모든 생명체를 지킬 의무가 있는 것이다.
- 제인 구달

귀만 봐도 알아요 2

앞으로 세운 귀

이것은 개가 무언가에 관심을 보이고 있다는 뜻입니다. 끝이 뾰족한 귀를 가진 종에게서 특히 잘 볼 수 있는 자세죠. 반면에 축 늘어진 귀를 가진 종들은 이런 경우에 살짝 귀를 들어 올립니다. 여기에 발까지 앞을 향해 있다면 개의 흥미를 끄는 무언가가 있고 놀 준비가 되었다는 걸 의미해요. 만일 개가 꼼짝도 하지 않고 서서 무언가에 집중한 듯이 보인다면 멀리서 뭔가 흥미로운 소리를 들었다는 것이고요. 집으로 다가오는 우체부를 향해 힘껏 짖어댈 기회를 노리고 있는 건지도 모르죠.

개가 귀를 세우는 것은 보통 호의적인 감정의 표시입니다. 사람은 자신의 속마음을 감추고 다른 행동을 할 때가 많지만 개에게는 그런 계산이라는 게 없습니다. 호감을 느끼면 행여 상대가 오해할 여지가 없게 자신이 할 수 있는 방법을 총동원해서 마음을 표현하지요. 당신은 그저 행복하게 웃어주기만 하면 돼요.

꼬리 레이더

개가 꼬리로 원을 그리며 빙글빙글 돌리는 것은 '탐색 중, 탐색 중!'을 외치는 겁니다. 당신의 개가 테니스공을 찾아다니거나 제일 좋아하는 장난감이 소파 밑으로 들어가 있지 않은지 알아보려고 낑낑댈 때를 보면 단번에 알아챌 수 있을 거예요. 꼬리가 마치 해저 탐색용 레이더처럼 보이니까요. 개가 진지하게 몰두 중이라는 뜻이자 감출 수 없는 즐거움을 표현하고 있는 거랍니다.

나이 든 개들은 산책을 나가면 다른 친구들이 냄새를 맡으려고 달려드는 걸 막으려고 꼬리를 내립니다. 혼자 있게 내버려두라는 의미죠. 나이가 들면 세상만사에 흥미가 떨어지는 건 사람도 개도 마찬가진가 봅니다. 그렇지만 당신을 보고도 꼬리를 흔들지 않는다면 그건 개가 아프다는 신호예요.

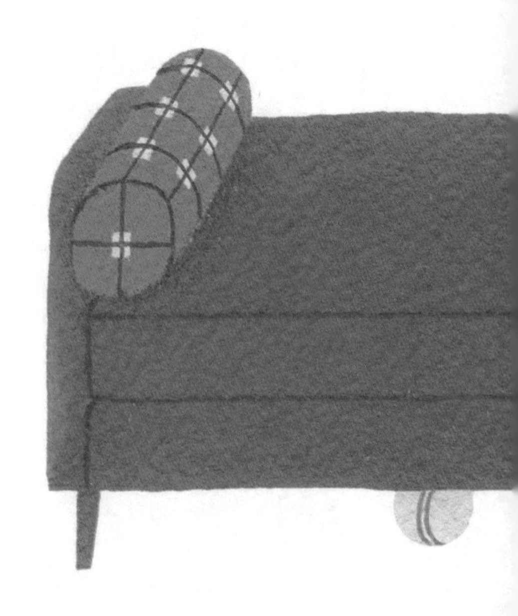

노래방 18번

어떤 개들은 무언가에 흥이 잔뜩 올랐을 때 마치 노래하는 것처럼 짖습니다. 그런다고 엑스팩터X-Factor(미국의 유명 오디션 TV 프로그램 — 옮긴이 주)에 나갈 수 있을 것 같지는 않지만, 적어도 당신이 직장에서 일하는 동안 당신을 얼마나 그리워했는지와 잠시 방 밖으로 나온 당신을 보고 얼마나 신이 나는지를 보여주는 징표는 될 수 있죠. 아니면 곧 제 앞에 놓이게 될 맛있는 간식이나 산책에 대한 행복한 기대로 잔뜩 부풀어 있는 것일 수도 있고요.

개가 짖는 소리를 인간의 언어로 번역해주는 휴대폰 애플리케이션이 있습니다. 황당무계한 것 같지만 이 앱은 개가 짖는 소리를 높낮이와 빈도에 따라 해석해줍니다. 야생에서는 주로 덩치가 큰 동물이 낮은 소리를 내고 덩치가 작고 약할수록 높은 소리를 내는데, 개는 위협을 느낄 때 큰 동물의 흉내를 내어 낮은 소리를 내고 애교를 부릴 때는 작은 동물을 따라 하는 꾀를 부립니다. 때에 따라 필살기를 바꾸는 영리함이야말로 인간의 단짝으로 오랜 세월을 함께해 올 수 있었던 비결이 아닐까요.

순수한 사랑을 전하기에 충분할 만큼 진화한 유일한 동물은
개들과 아기들뿐이다.
- 조니 뎁

사랑의 도둑

이것은 심심한 개들이 당신이 놀아주기를 바라며 곧잘 써먹는 전략입니다. 모종의 기대를 품은 개가 양말 한 짝처럼 당신이 꼭 돌려받고 싶어 할 만한 물건을 슬쩍 낚아채서 입에 물고 당신 쪽을 쳐다보며 가만히 서 있는 거죠. 그리고 당신이 눈치를 챘다 싶으면 냅다 줄행랑을 칩니다. 나 잡아봐라 게임을 시작하려고 말이에요. 침으로 질퍽해진 양말이 꺼림칙하거나 잔머리를 굴리는 개를 그런 식으로 만족시켜주고 싶은 마음이 들지 않는다면 "놔!"라는 명령을 가르치거나 다른 장난감으로 주의를 분산시켜보세요.

물건을 물고 달아나는 개를 쫓아가서 도로 빼앗아오는 게 당신에게는 개의 성가신 습성처럼 여겨질지 몰라도 개는 놀이로 인식하는 것입니다. 이때 개는 없어졌을 때 당신이 제일 아쉬워할 물건을 귀신같이 골라냅니다. 당신이 다른 데 온 정신을 빼앗기고 있을 때에도 당신만 쳐다보고 있는 개는 당신이 평소에 어떤 물건을 자주 쓰는지 냄새로 다 알거든요. 귀찮게 해서라도 관심을 받고 싶은 그 마음을 당신은 아시나요?

개는 우리에게 그들이 가진 모든 것을 준다.
우리는 그들의 우주의 중심이다.
우리는 그들의 온 사랑과 믿음과 신뢰의 대상이다.
그들은 먹이를 준다는 이유로 우리를 섬긴다.
이거야말로 의심의 여지없이 인간이 맺어 온 최고의 계약이다.
- 로저 A. 카라스

꼬리를 내릴 수밖에

불행하고 근심에 찬 표정으로 다리 사이에 꼬리를 감추고 있는 개의 이미지란 어찌나 명확한지, 사람에게도 이 표현이 그대로 적용이 될 정도죠(우리가 꼬리 없이 어떻게 살아갈 수 있는지 늘 의문인 개들에게는 약간 혼란일 거예요). 겁을 먹거나 긴장한 개는 안심을 해도 되는 상황인지 몰라 꼬리를 몸 밑으로 밀어 넣고 제 입술을 핥으면서 당신의 눈치를 봅니다. 당신이 '수의사'라는 말을 하는 걸 들었거나 새로 산 당신의 운동화에 무슨 짓을 해놓았는지 들켰을 때 벌어질 일이 걱정이 됐을 수도 있고요…….

개가 다리 사이로 꼬리를 감추는 이유는 항문 주변에 있는 분비선 때문입니다. 여기에서 특유의 냄새가 나는데 꼬리를 낮게 내리거나 다리 사이로 밀어 넣으면 냄새의 발산을 막을 수가 있거든요. 개가 자신의 냄새를 가리는 것은 사람들이 자신의 얼굴을 가리는 것과 마찬가지입니다. 코로 세상을 읽는 개들에게는 냄새가 곧 얼굴이니까요. 사람이든 개든 두려움으로 자신감을 잃었을 때는 나를 감추고 싶어지죠.

끊임없이 긁어대는 이유

무언가를 긁고 파고 싶은 욕구는 먼 옛날 야생 시절부터 지금까지 개의 DNA에 내장되어 있는 본능이에요. 이게 튀어나오는 데에는 몇 가지 이유가 있어요. 한 가지 가설에 따르면 개들은 잠을 자기 전에 잠자리를 좀 더 따뜻하고 편안하게 만들려고 그 주변을 파는 습성이 있었는데, 새로 산 침대를 반복적으로 긁어대는 것이 이와 관련이 있을지도 모른다는 겁니다. 다른 한편으로 발에 땀샘을 가지고 있는 개들이 보다 실내 생활 친화적으로 영역을 표시하는 방법이라고 보는 이들도 있어요.

집에 혼자 있는 시간이 긴 개의 경우 스트레스로 인해 바닥이나 문을 긁기도 합니다. 그런데 이런 경우에는 '그냥' 긁는 정도가 아니라 저러다 피가 나지 않을까 싶을 정도로 '박박' 긁습니다. 척 봐도 "저 짜증났어요!"라고 시위를 하는 것을 알 수 있도록 말이죠. 똑같은 행동이라도 속마음은 여러 가지일 수 있습니다. 그러려니, 하고 지나치지 않고 이유를 생각해본 적이 있나요? 그게 관심이랍니다.

한없이 작아지고 싶은 순간

개가 몸을 움츠리는 것은 자신이 할 수 있는 모든 방법을 동원해서 '저한테 이러지 마세요'라는 신호를 보내고 있는 거예요. 꼬리는 밑으로 말아 넣고 귀는 납작하게 접은 채 거의 엎드리다시피 몸을 낮춥니다. 스스로를 최대한 작아 보이게 만들려는 거죠. 당신의 친구가 뭔가 단단히 착각을 한 것뿐이지 주위에 겁낼 만한 게 아무것도 없다고 하더라도 잠시 여유를 주세요. 당장은 귀신이라도 본 것처럼 간이 콩알만 해져 있다는 걸 알아주세요. 그리고 개의 신경을 자극한 게 뭔지 찾아내는 동안 인내심을 가지고 다정하게 대해주세요.

개가 갑자기 두려워하거나 짖고 헐떡거리고 으르렁거리는 소리를 내는데 아무리 주위를 둘러봐도 그럴 만한 이유가 없다면 정말 답답할 노릇이지요. 이럴 때 당신이 놓치기 쉬운 것이 바로 '소리'입니다. 개는 사람보다 청력이 네 배는 더 뛰어나고 고주파도 잘 들을 수 있어요. 그래서 해충 퇴치기처럼 사람에게 들리지 않는 소리에도 개는 민감하게 반응할 수 있고 화재 감지기, 진공청소기, 전자레인지 같은 일상적인 소음에도 큰 영향을 받습니다. 당신에게 '일반적'인 것이라고 해서 누구에게나 다 '일반적'인 것은 아니에요.

너의 뒷모습

친구로 지낸 지가 수천 년이지만 개와 인간의 예절 사이에는 여전히 삐걱거리는 부분이 존재합니다. 이쪽에서 저쪽 언어로 오가는 사이에 오해가 생기는 거지요. 당신의 털복숭이 친구는 등을 돌리고 앉은 제 뒷모습을 본 당신이 '나 심심해요' 혹은 '당신 따위!' 하는 무시의 표시로 생각할 수도 있다는 걸 모릅니다. 왜냐하면 사실 개가 하려는 말은 이거거든요. "나는 당신이 나에게 못되게 굴거나 내 먹이를 훔쳐가지 않을 거라고 굳게 믿고 있어요. 그러니 굳이 당신을 감시할 이유가 없지요." 아니면 이쪽이거나요. "저기요, 제가 발이 안 닿는 곳이 있거든요. 꼬리 바로 위요. 근데 하필 거기가 살짝 가렵지 뭐예요. 그러니까 시간 있으시면 발, 아니 손 좀……?"

사람들 사이에 '등을 돌린다'는 건 사이가 틀어졌다는 의미입니다. 하지만 개가 당신에게 등을 보이고 앉는 건 당신에 대한 완벽한 신뢰와 애정의 표현이에요. 동물의 세계에서 등을 보이는 것은 공격당하기 쉬운 가장 취약한 자세이기 때문이지요. 사랑하는데 아무리 노력해도 이해하기 힘들다면 상처받는 대신 그냥 믿는 건 어떨까요. 머리 말고 가슴으로요.

절대로 깨지지 않는 신뢰란 세상에 존재하지 않는다.
충직한 개의 신뢰만 제외하면.
- 콘라트 로렌츠

한숨에 담긴 백 마디 말

때를 잘 맞춘 한숨은 많은 말을 담고 있지요. 동물이든 인간이든 마찬가지예요. 당신의 개가 의미심장하게 숨을 내쉬는 데에는 많은 이유가 있답니다. 긴 산책이나 놀이 시간이 끝나갈 무렵, 그리고 잠자리에 몸을 누이면서 쉬는 한숨은 만족감의 표시예요. 또한 좌절감이나 실망감을 드러내는 것일

수도 있습니다. 만일 개가 당신을 쳐다보면서 한숨을 푹, 하고 쉰다면 아마도 당신이 휴대폰만 들여다보며 자신을 잊고 있다거나 새로 바꾼 브랜드의 사료가 도무지 입에 맞지 않는다는 걸 당신에게 깨우쳐주려는 것일지도 몰라요. 개들도 수동적 공격형이 될 수 있다니까요!

개의 한숨에 담긴 의미를 제대로 파악하려면 표정을 봐야 해요. 개가 놀자고 졸랐는데 당신이 바빠서 제대로 대꾸를 하지 못했다면 당신의 개는 '썩소'를 머금은 표정으로 한숨을 쉴지도 모릅니다. 이때의 한숨은 "흥! 나도 더 이상 놀자고 하지 않을 거야!"라는 의미예요. 당신이 화를 낼 때에는 눈을 지그시 뜨면서 길고 낮은 한숨을 내쉴 거예요. 이때의 한숨은 "자자, 이제 그만……."이라고 달래는 거랍니다. 사소한 행동을 놓치지 않고 그 안에 담긴 말을 알아들으려고 노력하는 게 사랑이죠.

만약 천국에 개가 없다면 나는 천국에 가고 싶지 않다.
나는 그들이 있는 곳으로 가고 싶다.
- 윌 로저스

아, 옛날이여!

몸을 앞으로 숙이고 쭉 뻗은 코로 먹잇감을 찾으며 킁킁킁……. 당신의 개는 안락한 집을 몹시 사랑하지만 몸에 밴 야생의 습관 역시 한 번도 잊어본 적이 없답니다! 가만히 있어도 그릇에 얌전하게 담긴 저녁 식사가 나올 거라는 걸 당연히 알고 있죠. 초원을 가로지르며 먹이를 쫓을 필요가 없다는 것도요. 그렇지만 가끔 그들은 옛날식으로 사냥에 나서는 시늉을 내는 걸 좋아합니다. 그래봐야 팔랑팔랑 날아가는 작은 나비 한 마리 정도에 성공 가능성은 제로지만요.

개는 뇌에 각인된 사냥 본능으로 눈앞에서 움직이던 물체가 멀어지면 쫓아가려고 합니다. 그래서 달리는 사람이나 자전거, 오토바이 등을 보면 뒤를 따라 달리려고 해요. 자칫하면 사고로 이어질 수도 있기에 이런 행동을 교정해주어야 합니다. 그러려면 개가 본능을 자극하는 물체보다 당신에게 관심을 더 집중하도록 하는 훈련이 필요합니다. 본능을 누를 수 있는 건 사랑밖에 없으니까요.

충직한 껌딱지

인류는 수천 년의 시간에 걸쳐 개들을 우리의 충직한 동반자로 길러왔습니다. 그러니 개들이 우리와 함께 있기를 원하는 게 놀랄 일도 아니지요. 물론 우리도 개들과 시간을 보

내는 걸 좋아하고요. 그러나 당신의 작은 벗이 말 그대로 당신이 잠시라도 시야에서 벗어나는 걸 참지 못한다면 어떨까요? 보통 이것은 도와달라는 신호입니다. 화장실이 급하니 지금 당장 밖으로 나가야 한다거나 무시무시한 뇌우가 다가오고 있다거나 몸이 편치 않다고 말이죠. 만일 당신이 이미 도움을 주려고 해봤거나 지나치다고 타일러보기도 했지만 그래도 당신을 내버려두지 않는다면 분리불안을 겪고 있는 건지도 모르니 수의사와 상담을 해보세요.

개는 원래 무리 생활을 하던 동물이라 함께 사는 가족들과 뭐든지 함께하려는 욕망이 강합니다. 개가 당신과 떨어져 있는 시간이 많다면 집에 돌아온 당신의 뒤만 졸졸 따라다닐 수 있습니다. 심지어 화장실까지 말이죠. 그렇지만 애타게 당신만을 찾는 모습이 귀엽다고 무작정 받아주기만 해서는 안 돼요. 애착이 사랑일 때는 행복이지만 애착이 집착일 때는 병이 됩니다.

늙은 개는 오래된 신발과 같아서 편안하다.
모양이 조금 흐트러지고 가장자리들이 낡았을지언정
나에게 잘 맞는다.
- 보니 윌콕스

× 밭이 좋아

보통의 개는 사람의 50배가 넘는 후각 수용체를 가지고 있고 뇌의 냄새 판별 능력은 40배나 더 뛰어납니다. 개의 코는 엄청나게 민감한 감지 장치로 주위 세상에서 벌어지는 일들에 대한 많은 정보를 알려주지요. 그런데 '왜' 하필이면 다른 동물들의 배설물 위에서 뒹구는 걸 좋아하냐고요? 그 냄새가 우리에게 지독하다면 개들에게는 소름이 끼칠 만큼 끔찍해야 하는 거 아니냐고요? 글쎄요. 아직까지 이건 풀 길 없는 미스터리랍니다. 늑대나 사자, 코요테와 같은 수많은 야생의 포식자들이 같은 행동을 하는 것으로 알려져 있지만 전문가들도 아직 뾰족한 이유를 찾지 못하고 있거든요.

간밤에 한 목욕을 헛되이 만드는 고약한 버릇에는 크게 세 가지 이유가 있습니다. 자신의 냄새를 남겨서 영역을 표시하려는 것과 사냥감에게 다가갈 때 다른 동물의 냄새로 위장해서 자신이 포식자라는 것을 들키지 않으려는 것이죠. 그리고 마지막은 '그냥 좋으니까'입니다. 모든 행동이 다 이성적으로 설명이 가능한 건 아니잖아요. 그중에서도 가장 토를 달기 힘든 만능의 이유는 '그냥 좋으니까'죠.

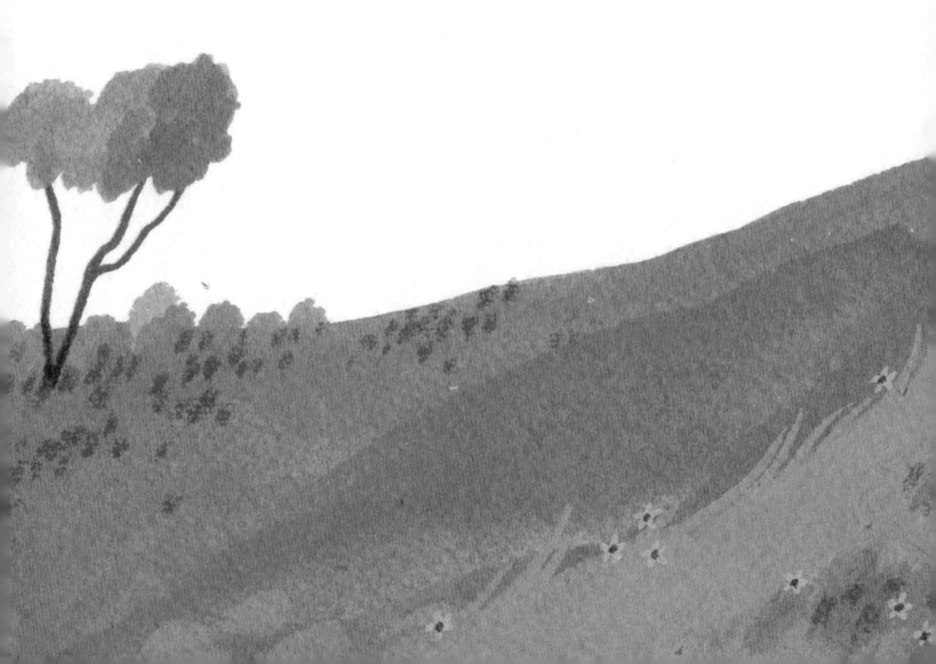

보물을 숨기려면

어떤 개들은 땅 밑에 뭔가를 보관하는 게 훌륭한 아이디어라고 생각합니다. 예전에 들개들이 음식을 숨겨두었다가 나중에 다시 찾으러 올 때 쓰던 방법이라는 건 쉽게 추측이 가능하지요. 그런데 왜 당신의 개는 강아지 장난감이나 당신의 양말 같은 것들을 파묻는 걸까요? 다른 개들과 함께 사는 개들이 이런 행동을 할 확률이 훨씬 높습니다. "이건 내 거야!"라고 주장하는 거죠. 때로는 사람으로 치면 저장 강박과 같은 스트레스 반응으로 나타날 수도 있어요. 그러니 개를 괴롭히는 게 있는지 확인을 해보시는 게 좋습니다. 그게 아니라면 그저 장난감은 모름지기 흙이 좀 묻어 있어야 멋이라는 결론을 내렸을 수도 있고요.

밖에서야 얼마든지 땅을 파서 숨길 수 있지만 집 안에서는 무언가를 숨길 만한 곳이 마땅치가 않습니다. 그래서 청소를 하다가 소파 쿠션 뒤, 베개 밑, 거실 커튼 뒤와 같은 곳에서 의도치 않게 털복숭이 친구의 '보물'을 발견하게 되는 경우가 종종 생기죠. 가끔은 입에 뭔가를 물고 온 집안을 두리번거리며 서성이다가 뻔히 보이는 곳에 '숨겨' 놓고 뿌듯한 표정을 짓는 모습을 볼 수도 있을 거예요. 그러니 어쩌겠어요. 그 작은 가슴이 보물을 털릴지도 모른다는 불안에 떨게 하지 않으려면 보고도 못 본 척해야지요.

옮긴이의 글

제게는 중고등학교부터 대학 시절까지 함께 보낸 강아지가 한 마리 있었습니다. 지금은 잘 생각도 나지 않는 그럴싸한 이름을 지어주고 열심히 불러댔지만, 하필이면 밥상머리에서 아무렇게나 '삐삐'를 외치는 아빠 때문에 '삐삐'로 낙착이 된 크림색 치와와였습니다. 삐삐는 학교 미술 숙제를 하는 저와 동생의 단골 모델이기도 했고, 이 녀석을 주제로 글짓기를 해서 신문에 실리기도 했어요.

삐삐는 우리 가족의 일원으로 무한 애정을 받았지만 때로는 혹독한 눈칫밥을 먹기도 했습니다. 주로 '사람' 가족이 이해할 수 없는 행동을 할 때였죠. 멀쩡한 물그릇을 놔두고 화분

받침대의 물을 먹는다든가, 바닥에 벗어놓은 옷가지 위에 앉아 털을 잔뜩 묻혀놓는다든가, 잠시 온 가족이 집을 비운 사이 피난 나간 집 꼴로 만들어 놓는다든가, 오래 집을 비웠다 들어오면 온 집안을 바람처럼 뛰어다니며 오줌을 찔끔거린다든가. 그때마다 삐삐는 "얜 도대체 왜 이래? 도무지 이해를 할 수가 없네."라며 야단을 치는 식구들 앞에서 왕방울만 한 두 눈을 데굴데굴 굴렸어요. 어쩔 줄 몰라 하는 표정이 역력했죠. 몇 번 혼쭐이 나고 나면 그만두겠지, 했지만 '이해가 가지 않는' 삐삐의 말썽은 계속됐습니다. 그때 이 책을 만났더라면 얼마나 좋았을까요?

이제야 알았습니다. 삐삐는 우리에게 자기가 원하는 것을, 자기의 기분을, 자기의 사랑을 열심히 말하고 있었을 뿐이고 귀를 닫았던 건 우리였다는 걸 말입니다. 그걸 이해할 수가 없었던 건 우리가 막내의 '말'을 인간의 기준으로만 보았기 때문이었다는 것도요. '개'의 편에 서보려는 생각은 애초에 해보지도 않았던 거죠. 그런 우리를 보며 삐삐는 얼마나 답답했을까요? 그렇지만 그 어떤 순간에도 변함없이 '식구들 바라기'인 삐삐를 보고 있노라면 연애 따위는 내 손에 들어오는 순간부터 시들기 시작하는 변덕스러운 장미 같은 것으로 느껴졌지요. 그렇게 삐삐는 제게 무수히 많은 따뜻한 기억과 다정한 깨우침을 남겨주었습니다.

집에 사랑하는 개가 있는 독자들이라면 이 책을 통해 당신의 개를 위한 '좀 더 현명하고 똑똑한 주인이 되는 법'을 배우게 되리라 믿습니다. 그리고 개를 키우고 있지 않은 이들이라 해도 더없이 충직하고 우직한 '진짜 사랑'을 배울 수 있을 거예요. 그걸 개들이 가르쳐준다고요? 네, 맞습니다.

김미나

옮긴이 **김미나**
여의도에서 방송 구성 작가로, 뉴욕 맨해튼에서 잡지사 에디터로 일했다. 그리고 번역과 글쓰기를 하고 있다. 쓴 책으로는 『눈을 맞추다』 『쇼호스트 엄마와 쌍둥이 자매의 브랜드 인문학』이 있으며, 『더 크게 소리쳐!』와 파울로 코엘료의 『마법의 순간』, 『달라이 라마의 행복』 등을 번역했다.

연애보다 강아지

초판 1쇄 인쇄일 | 2023년 6월 27일
초판 1쇄 발행일 | 2023년 7월 11일

지은이 | 리즈 마빈
그린이 | 옐레나 브리크센코바
옮긴이 | 김미나
펴낸이 | 사태희
편　집 | 최민혜
디자인 | 홍성권
마케팅 | 장민영
제　작 | 이승욱 이대성

펴낸곳 | (주)특별한서재
출판등록 | 제2018-000085호
주 소 | 08505 서울특별시 금천구 가산디지털2로 101 한라원앤원타워 B동 1503호
전 화 | 02-3273-7878
팩 스 | 0505-832-0042
e-mail | specialbooks@naver.com
ISBN | 979-11-6703-082-5 (03840)